Axel Marquardt · Anselm im Glück

AXEL MARQUARDT

Anselm im Glück

ROMAN

GERD HAFFMANS
BEI ZWEITAUSENDEINS

Erstausgabe
1. Auflage, April 2003

Umschlagfotos von Thurid Selinger.

Gestaltung und Produktion von Urs Jakob.
Satz: Fotosatz Reinhard Amann, Aichstetten.
Herstellung: Ebner & Spiegel, Ulm.
Printed in Germany.

Dieses Buch gibt es nur bei Zweitausendeins im Versand,
Postfach, D-60348 Frankfurt am Main, Telefon 069 - 420 8000,
Fax 069 - 415 003.
Internet www.Zweitausendeins.de, E-Mail Info@Zweitausendeins.de
Oder in den Zweitausendeins-Läden in Berlin, Düsseldorf, Essen, Frankfurt am Main, Freiburg, 2 x in Hamburg, in Hannover, Köln, Mannheim, München, Nürnberg und Stuttgart

In der Schweiz über buch 2000, Postfach 89, CH-8910 Affoltern a. A.
ISBN 3-86150-510-X

Anselm im Glück

Der erste Versuch, seine Augen zu öffnen, schlug fehl; irgendein Klebstoff hielt seine Lider hartnäckig fest. Er versuchte es noch einmal und dann ein drittes Mal, und da endlich sprang der rechte Augendeckel hoch und gleich danach auch der linke.

Der Wecker wiederholte sich. Es wunderte Anselm zunächst nicht, dass er alles um sich herum nur verschwommen wahrnahm. Der Schrank, der Tisch, die Stühle waren seltsam konturenlos und verschoben sich leicht bei der Drehung seines Kopfes. Das gibt sich, dachte er, das gibt sich.

Es gab sich nicht. Ich muss mir die Augen reiben, dachte er, dann geht das weg. Da erst fiel ihm auf, dass er eine Brille trug.

Aber er trug keine Brille, normalerweise. Er hatte noch nie eine Brille getragen.

Ein Kassengestell, für Damen. Der Abend musste ihm entglitten sein. Seine Erinnerung reichte noch bis zu dem Zeitpunkt, an dem Günni ins *Kap* gekommen war und ihm einen Whisky mit den Worten auf den Tisch gestellt hatte, der Alkohol schmecke ihm heute nicht, er habe schon alles versucht. Das war der Whisky, den er sich nicht mehr hätte leisten können, sowohl von der Höhe der Zeche her als auch des Alkoholspiegels. Danach musste dann die Brille ins *Kap* gekommen sein und sich ihm auf die Nase gesetzt haben. Die Sache würde sich schon klären.

Es war nicht das erste Mal, dass er eine Trophäe mit nach Hause brachte. Der merkwürdigste und bisher als einziger ungeklärte Fall war der eines lebenden Hamsters mitsamt Futter für zwei Tage gewesen, den ein Unbekannter in der Innentasche seines Mantels ausgesetzt hatte. Das Tier hatte bei ihm trotz intensiver Pflege nur vierzehn Tage überlebt, woraus er schloss, dass es ein Weibchen gewesen sein musste.

Jetzt war nur noch die Frage zu klären, warum er den Wecker gestellt hatte. Das war ungewöhnlich, weil er Termine unter allen Umständen auf den Nachmittag legte.

Er nahm die Brille ab, richtete sich halb auf und versuchte, aus dem Bett heraus das Jackett zu erwischen, das er dem Stummen Diener umgelegt hatte. Aber es ging nicht, und so musste er aufstehen, was ihm weniger Mühe bereitete als befürchtet.

Tatsächlich wies sein Taschenkalender eine Eintragung für 10:30 auf: »Spk/Kröger«.

Der Weg, der Anselm Feyrig an diesem Tag zu seinem neuen Kundenberater bei der »Spar- und Leihkasse«, Herrn Kröger, führte, hatte vor drei Jahren begonnnen. Er war kurvenreich und voller Schlaglöcher gewesen und hatte im Großen und Ganzen steil bergauf geführt, bis zu einem voll ausgeschöpften Dispositionskredit von rund dreißigtausend Mark. Und das war für einen, der nicht genau sagen konnte, wodurch er eigentlich seinen Lebensunterhalt bestritt, eine nicht zu unterschätzende Leistung.

Es war nicht so, dass er sich nicht redlich bemüht hatte, und oft war er nur an Kleinigkeiten gescheitert.

Er hatte zum Beispiel zwei Ortschroniken für die Städtchen Rethwisch und Neuenkamp verfasst, dabei aber übersehen, dass gerade diese beiden Städtchen tausend Jahre ihrer dreihundertfünfzigjährigen Existenz nicht erwähnt haben wollten. Ein Ausfallhonorar von fünftausend Mark kompensiert natürlich keine vorgezogenen Operationen mit den erwarteten Sechzigtausend.

Natürlich hatte er auch einige Sternstunden, zu deren schönste die viel beachteten Hörfunk-Features über drei neu entdeckte Autoren des 19. Jahrhunderts gehörten. Julian von Zeisig, Gottfried Auerhahn und Ida von Salm-Salm hießen die drei Poeten, und ihre Biografien waren so überzeugend, und die Beispiele ihrer Dichtkunst so überwältigend, dass der zuständige Redakteur nicht eine Sekunde an ihrer Existenz zweifelte.

Die Geschichte dieses finanziellen Gipfelsturms hatte Anselm bisher niemandem anvertraut, vorwiegend deshalb nicht, weil er sie selbst immer noch nicht ganz verstand. Hätte er sie dennoch jemandem erzählt, wäre das Urteil vermutlich schnell gefällt: Er lebte ganz einfach über seine Verhältnisse. Natürlich sah er das ganz anders. Er lebte unter der Maxime, dass ein gewisses Niveau nicht unterschritten werden durfte; alles andere war »Depravation«, die sich in der Entwicklung seines Menschwerdens rächen würde. Er hatte einfach eine Durststrecke zu überwinden, an deren Ende Glück, Glanz und Ruhm stehen würden, was nichts anderes bedeutete als jede Menge Kohle.

Die Garantin seines Lebensstandards war während der letzten drei Jahre Frau Trepenthin gewesen, seine Kundenbetreuerin bei der Sparkasse, eine fitnessstudiogestählte und sonnenstudiogebräunte Blondine um die Dreißig, die selbst an trüben Tagen ihre Sonnenbrille kunstvoll ins Haar drapiert in Reserve hielt.

Anselm hatte während einer ihrer ersten ernsthaften Unterredungen herausgekriegt, dass Frau Trepenthin eine begeisterte Fernseherin war, mit spezieller Vorliebe für Vorabendserien, und so hatte er beschlossen, Drehbuchautor zu werden. Wie nebenbei erwähnte er bei ihrem nächsten Termin, dass Claudia Schmutzler ihn angerufen habe, ob er nicht für sie schreiben wolle.

»*Die* Schmutzler?« fragte Frau Trepenthin, und ein Zittern gefährdete den Sitz ihrer Brille.

»Ja, *Für alle Fälle Stefanie*«, sagte Anselm, »kennen Sie die Serie?«

Natürlich kannte Frau Trepenthin die Serie und riet ihm nachdrücklich, dieses Angebot anzunehmen; die letzten Folgen hätten schon arg geschwächelt und frisches Blut könne nie schaden, sonst würde sie womöglich abgesetzt, und das wäre doch jammerschade.

Seit diesem Zeitpunkt war sie Anselm überaus gewogen. Die Termine mit ihr nahmen mehr und mehr den Charakter von Plauderstündchen an, in denen sie bei Tee und Biskuits die Perspektiven des Vorabendfernsehens diskutierten und das Leben all der TV-Zelebritäten durchleuchteten, die Anselm um seine Mitarbeit ersuchten. Wären nicht alle Menschen, die in irgendeiner Beziehung zum Sparkassenwesen standen, Anselms natürliche Feinde gewesen, hätte er Frau Trepenthin sicher hin und wieder ausgeführt oder ihr etwa zum Valentinstag ein kleines Präsent überreicht, und wäre es – das war seine feste Überzeugung – einer Kundenberaterin jemals vergönnt, Qual und Seligkeit des Verfallenseins empfinden zu können – Frau Trepenthin wäre die erste Kandidatin gewesen.

Als sie dann vor zwei Wochen überraschend versetzt wurde, gab sie ihm schließlich den Tipp, dass ihr Nachfolger, Herr Kröger (»ein harter Hund, aber nicht weitersagen«), mit Fernsehen nichts am Hut hatte – mit einer Ausnahme: Er war ein Fan von Dirk Bach, den er bei Betriebsfesten hin und wieder sogar gekonnt nachmachte, obwohl er selbst weder dick noch klein war.

»Ich habe Sie zu mir gebeten«, sagte Herr Kröger, »weil ich mir zu Beginn meiner Tätigkeit als Ihr neuer Kundenbetreuer natürlich Klarheit über Ihr Finanzgebaren verschaffen muss.«

»Mein finanzielles Gebaren? Ist was damit nicht in Ordnung?«

Herr Kröger blätterte in Papieren, warf einen Blick auf den Bildschirm seines Computers und sah Anselm voller Strenge und Mitleid an. »Ihr Kontostand weist ein erhebliches Soll auf«, sagte er dann. »Und Sicherheiten kann ich auf den ersten Blick nicht erkennen. Ich muss zugeben, dass mir die Entscheidungen meiner Vorgängerin nicht so recht verständlich sind.«

»Herr Kröger«, begann Anselm und verlieh seiner Stimme den Ton verhaltener Unduldsamkeit, »ich sagte Frau Trepenthin beim letzten Mal, dass ich in Kürze die Zahlung einer größeren Summe erwarte. Ich sagte ihr auch, dass ich kurz vor Vertragsabschluss mit einer Produktionsgesellschaft stehe, für die ich Drehbücher für insgesamt 26 Folgen im Vorabendprogramm der ARD schreiben soll. Und dass ich in direkten Verhandlungen mit Herrn Bach für seine Serie *Lukas* im ZDF stehe. Das sind doch, denke ich, Sicherheiten genug.«

Herrn Krögers Blick löste sich von der Aktenlage. »Ach, Sie schreiben für Dirk Bach?«

»Dickie – ich meine Herr Bach hat mich erst in der letzte Woche angerufen und mir bestätigt, dass er meine Plots für ganz hervorragend hält. Die Sache ist praktisch in trockenen Tüchern.«

»Plots?«

»Das sind sozusagen die Kernideen, die zu einer Outline führen. Man entwickelt eine A- und eine B-Story und erstellt schließlich das Storyboard.«

»Das ist ja interessant«, sagte Herr Kröger, »ich dachte, man setzt sich hin und schreibt sofort das Drehbuch, mit allen Dialogen und so.«

»Das ist weitaus komplizierter«, sagte Anselm. »Sie müssen sich nur vorstellen, dass so eine Sendung in Hürth in zwei Durchläufen live aufgenommen und später zu einer zusammengeschnitten wird.«

»Ach, daher können die hinterher immer die Versprecher und Patzer senden!«, rief Herr Kröger in jäher Erkenntnis.

»Im Nachspann, ja.«

»Im Nachspann, genau. Und wann meinen Sie, kommt es zu dem Vertrag?«

»Herr Kröger, Sie wissen doch selbst, wie langsam die Mühlen der Öffentlich-Rechtlichen arbeiten. Ich rechne allerdings damit, dass es schon in der kommenden Woche so weit sein wird, spätestens aber in zwei bis drei Wochen. Bis dahin wäre es schon hilfreich, wenn Sie meinen Disporahmen noch einmal etwas erweitern könnten.«

»An welche Summe hatten Sie dabei denn gedacht?«

»Wo stehen wir denn jetzt?«

Herr Kröger warf einen neuen Blick auf den Monitor. »Um die dreißig TDM«, sagte er. »Das ist eigentlich schon weit jenseits des für uns Üblichen.«

»Sie wissen doch so gut wie ich«, sagte Anselm versöhnlich, »dass es hier nicht um einen üblichen Fall geht. Darlehen für den Kauf eines Hauses zu gewähren, ist kein Meisterwerk, das kann jeder Provinz-Banker, aber das Gespür dafür zu haben, wo es sich lohnt, in Innovation und Kreativität zu investieren, das halte ich für eine besondere Kunst – wie das Drehbuchschreiben.«

Anselm merkte, dass er hart bis an die Grenze gegangen war. Herr Kröger blätterte erneut nervös in der Akte, scrollte durch Anselms Saldo mortale und schaute prüfend auf den Monitor. »Umsatz ist ja da«, murmelte er.

»Der Laden läuft, der Rubel rollt«, sagte Anselm und schämte sich ein wenig für den Text.

»Wenn Sie mir sagen, dass Sie in spätestens drei Wochen Ihr Soll wieder auf DM dreißigtausend zurückführen –«

»Mehr als das«, sagte Anselm, »ich habe ja auch sonst noch einige Außenstände.«

»Gut, dann sagen wir, noch einmal zehntausend, und Sie reichen mir den Vertrag rein, sobald Sie ihn in Händen haben.«

Anselm nickte. »Können Sie mein Konto gleich freischalten?« fragte er. »Sie sehen ja selbst, ich bin etwas klamm zur Zeit.«

Herr Kröger erwies sich als ein ebenso unbedingter Förderer der Kunst wie seine Vorgängerin. Als Anselm mit vierhundert Mark in der Tasche die Bank verließ, zitterte er. Es war ein hartes Stück Arbeit gewesen. Er dachte daran, auf welche Höhen er den Dispo wohl schrauben könnte, wenn er Herrn Kröger demnächst von seiner innigen Freundschaft mit Steven Spielberg erzählte.

Er setzte sich auf eine Bank mit Blick auf den kleinen Teich, der Batardeau genannt wurde. Jetzt hätte er gern eine Zigarette geraucht und gleich danach noch eine, wie früher in solchen Situationen, bevor er damit aufgehört hatte. Dann wäre ihm wieder so wunderbar schlecht geworden, was ihm die Erlaubnis zum Genuss eines dieser fabelhaften kleinen Fläschchen mit Magenbitter verschafft hätte.

Ein kleines Geschwader Enten glitt so sanft und mühelos durchs glatte Wasser, als habe jede von ihnen einen unsichtbaren Propeller unter dem Bauch. Anselm erinnerte sich, dass er über Jahre auf die Frage, als welches Tier er denn gern wieder geboren würde, ohne nachzudenken »Eine Ente!« gesagt hatte, bis er erfuhr, dass des Nachts Wasserratten regelmäßig entsetzliche Massaker an ihnen begingen, weshalb ihre Bestände zahlenmäßig einigermaßen im Rahmen blieben. Von da an wollte er in seinem nächsten Leben Wasserratte sein.

Zum ersten Mal kam ihm der Gedanke, dass er von hier wegmusste. Unmöglich konnte er in drei Wochen Freundschaft mit Dirk Bach schließen, geschweige denn mit Steven Spielberg.

Ein anderer Grund, warum Anselm bisher noch mit niemandem über seine Situation gesprochen hatte, hing mit seiner Überzeugung zusammen, dass man sich um keinen Preis mit dem Hautgout der Erfolglosigkeit umgeben durfte. Die Menschen hassten den Verlierer und liebten den Sieger und scherten sich einen Dreck darum, warum der eine Pech hatte und der andere Glück. Die Rechnung war ganz einfach, und Anselm hatte sie am eigenen Leib gespürt: Selbst an dem unschuldigen Opfer der raffiniertesten Kabale blieb ein Rest von Verdacht haften, ob es nicht doch, sei es aus Tölpelhaftigkeit, Dummheit oder als Sühne für die geheime Schuld der Vertauensseligkeit, den Richtigen getroffen hatte.

Er hatte vor vielen Jahren dieser Theorie einen Namen gegeben und bastelte seitdem an ihrer Verfeinerung und Vervollkommnung. Er nannte sie Viktimologie, die Lehre vom Opfer, und als er irgendwann entdeckte, dass ein Münsteraner Kriminologe denselben Begriff für einen ähnlichen Befund benutzte, spielte er eine Zeitlang mit dem Gedanken, ihm eine Plagiatsklage anzuhängen.

Der Professor hatte einfach nur Eins und Eins zusammengezählt. Er hatte festgestellt, dass überdurchschnittlich viele Menschen Opfer mehrerer Straftaten geworden waren, so dass der Verdacht nahe lag, sie zögen sozusagen magisch das Böse an. Seitdem hatte Anselms Theorie auch ihre wissenschaftliche Unterfütterung und wurde zum ehernen Credo.

Das hatte zur Folge, dass er an seinem Lebensstil selbst nach der dritten Angleichung des Dispos nichts veränderte. Er fuhr weiter seinen Citroën, den er sich nicht leisten konnte, bewirtete seine Freunde und Bekannten wie ehedem häufig und großzügig und ließ sich erst bei Aldi blicken, als auch der Fraktionsvorsitzende der Freien Demokraten und die Kreispräsidentin dort einkauften.

Die einzigen beiden Zugeständnisse an die Veränderung seiner Lage war der Verzicht auf Markengarderobe, was letztlich deshalb kein Problem war, weil er eine Quelle für gefälschte Etiketten aufgetan hatte, so dass dem zufälligen Kennerblick in die Innenseite seiner Jacketts nicht verborgen blieb, dass er weiter Armani, Brioni und Versace trug, und der Wechsel von Bierflaschen auf -dosen, was über fünfzig Prozent Ersparnis brachte, ihn aber bei Kauf und Genuss zu einer gewissen Vorsicht zwang.

An all seinen sonstigen lieben Gewohnheiten hielt er fest. Es schien ihm vollkommen aussichtslos, durch eine Beschränkung seiner Lebensführung einen wesentlichen Beitrag zur Sanierung seiner finanziellen Umstände zu leisten; im Gegenteil war er davon überzeugt, dass diese Reduzierung eine dramatische Schmälerung seiner Lebensfreude und damit seines eigentlichen *Kap*itals zur Folge hätte: Einfallsreichtum und Flexibilität. Allein auf seine allabendlichen Besuche im *Kap* zu verzichten, hätte unweigerlich bedeutet zu vereinsamen, depressiv zu werden und schließlich sogar fernzusehen.

So ging er auch an diesem Abend nach seinem strapaziösen, im Großen und Ganzen aber erfolgreichen Besuch bei der Bank dorthin, versehen mit den Gnadenmitteln des Krögerschen Mäzenatentums und einem Bierdurst, der deutlich oberhalb des normalen Pegels lag.

Das *Kap* war aus dem Wartehäuschen des früheren

Fähranlegers hervorgegangen, weshalb die Toiletten immer noch der Allgemeinheit zugänglich waren. Das hatte zur Folge, dass manchmal Leute in das Lokal kamen, die sich sonst nie dort hineingetraut hätten. Sie traten ein, ohne sich umzusehen, lehnten sich diskret über den Tresen und wisperten dem Wirt das Wort »Schlüssel?« zu. Dann verließen sie das *Kap* wieder, weil die Klos auf der Rückseite des Gebäudes lagen, und erschienen nach einer Zeit in derselben scheuen Weise, um die Schlüssel zurückzubringen. Niemand kam ein zweites Mal, um seine Notdurft auf den öffentlichen Toiletten des *Kaps* zu verrichten.

Den Fähranleger hatte das Wasser- und Schifffahrtsamt vor einigen Jahren verlegt, ein paar Kilometer stromabwärts, weil der Verkehr, der von einem Ufer an das andere wollte, den kleinen Ort zu strangulieren drohte. Übrig geblieben war die Wartehalle, ein schmuckloser Ziegelquader mit einer drei Hausseiten umlaufenden Fensterfront, von der aus man einen perfekten Überblick über das Geschehen im Außenhafen hatte. Das Gebäude hatte man wegen der Hochwassergefahr auf eine Art Sockel gesetzt, den man mittels zweier Treppen betreten konnte. Sie trafen sich auf einem terrassenähnlichen Vorsprung, auf dem man im Sommer wie von einer Aussichtsplattform das spärliche Hafenleben und den Gang der Touristen zur Mole und wieder zurück verfolgen konnte.

Die Zurückhaltung der fremden Gäste war verständlich, wenngleich auch unbegründet. Hätte man den Wirt und die ausgesuchte Schar der Stammgäste nebeneinander gestellt, hätte dieses Bild auf den ersten Blick dem von Gegenüberstellungen auf Polizeidirektionen nicht nachgestanden, nur dass man den Übeltäter niemals hätte identifizieren können. Jeder hätte es gewesen sein können.

Wenn man sie allerdings näher kennen lernte, mit ihnen sprach und mit ihnen trank, merkte man bald, dass sie ihr wüstes Äußeres und ihr abweisendes Gebaren nur an den Tag legten, um ungebetene Gäste fern zu halten. Vor etwa zehn Jahren hatte Fritz Maack die Wartehalle gepachtet, mit dem notwendigsten Inventar ausgestattet und diese Gang rekrutiert, um sich von ihr ernähren zu lassen. Seitdem war die Besatzung nahezu unverändert geblieben; einer war in der Zwischenzeit gestorben, ein anderer hatte geheiratet, zwei waren weggezogen, ein paar nach strengen Prüfungen neu aufgenommen worden.

Zu diesen »Neuen« gehörte auch Anselm, aber obwohl er nun schon seit sechs Jahren regelmäßig das *Kap* besuchte, und das mitunter mehrere Male am Tag, und obwohl er durchaus zu den Wohlgelittenen gehörte, blieb ein Rest von Distanz. Er gehörte halt nicht zu den Gründungsmitgliedern.

Als er heute, am ersten Tag der gewonnenen Gnadenfrist, das Lokal betrat, fand er die übliche Frühschicht vor; Schnulli und Schwarte, die Schach spielten und dabei von dem unvermeidlichen Kiebitz Schmiddi assistiert wurden, Eggert von Haaren, den Kümo-Kapitän (MS »Heideröschen«), und einen unglückseligen jungen Mann, der nach seinen vorherrschenden Merkmalen – ungefüges Äußeres gepaart mit schlichtem Inneren – Handicap genannt wurde.

Anselm setzte sich zu Eggert an den Tresen. Eine Bestellung erübrigte sich. Fritz hatte die favorisierten

Getränke aller seiner Gäste im Kopf, und weil er sie von seinem erhabenen Ort schon von weitem kommen sah, war das Bier oft schon fertig, noch bevor sie das *Kap* betraten.

Eggert trank Kaffee, was darauf schließen ließ, dass er heute noch los musste. Er fuhr Schüttgut für die Kaisermühle, Kraftfutter und Getreide, und Linters für die Papierfabrik. Hin und wieder nahm er auch Passagiere mit, wenn er die Stör bis nach Wittenbergen hoch musste. Anselm hatte ihm vor Wochen einen befreundeten Mathematikprofessor vermittelt, der während der Fahrt intensiv und andauernd vom Glück des Kapitänsdaseins schwärmte, bis Eggert ihm schließlich klarmachte, dass er ja auch Kapitän hätte werden können, wenn er in der Schule besser aufgepasst hätte.

Wie immer, wenn Eggert Kaffee trinken musste, war er auch heute einsilbig. Deshalb war Anselm heilfroh, als er sah, wie Siegfried in der Stöpe auftauchte.

Siegfried ging schon etwas aus dem Leim, wie man so sagt, aber früher, das wurde von verschiedener und kompetenter Seite glaubhaft versichert, früher musste Siegfried ein ausgesprochen attraktiver junger Mann gewesen sein – ein richtiger »Feger«, wie Wolli einmal bemerkte, und wenn der ein solches Urteil abgab, wusste er, wovon er sprach. Siegfried trank jetzt ausschließlich Kaffee und Mineralwasser und Apfelschorle und das übrige nichtalkoholische Zeug, das man in Kneipen bestellen kann, wenn man gegen seine mählich zerfließende Körperfülle etwas unternehmen will. Vielleicht, dachte er möglicherweise, wird es noch mal so wie in alten Zeiten, in denen er auf Sylt reifere Damen, die auf eine gewisse Wohlhabenheit schließen

ließen, »abgriff« und sich von ihnen aushalten ließ. Siegfried hatte Anselm eine Menge entzückender und zum Teil bizarrer Geschichten aus seiner Sturm- und Drang-Zeit erzählt, unter anderem die von einer frisch erblühten Mittvierzigerin, deren einziges Vergnügen darin bestand, ihn unbekleidet mit rohen Hackfleischbällchen zu bewerfen, während er ebenso nackt auf einem roten Kinderdreirad um den Küchentisch ihrer Sylter Datscha Runden drehte.

Anselm fand Siegfrieds Geschichten nicht besonders lustig, vielleicht sogar ein wenig unappetitlich, dennoch waren sie letztlich der Anlass dafür, dass Siegfried seinem Herzen immer näher kam, und wenn Anselm einen besten Freund gehabt hätte, wäre es wohl Siegfried gewesen. Er konnte es sich selbst nicht genau erklären, wie diese Wahlverwandtschaft entstanden war. Seine einzige einigermaßen stichhaltige Vermutung war die, dass Siegfried nicht mit der Erinnerung an diese gloriose Vergangenheit und ihrer Unwiederbringlichkeit haderte, sondern sie mit fröhlicher Unschuld hinnahm und gern und immer wieder aufs Neue heraufbeschwor.

Schnaufend und mit dem Blick des Gehetzten kam Siegfried auf ihn zu. »Anselm, komm mal mit vor die Tür, es gibt was zu besprechen.« Wenn Siegfried etwas geheim halten musste, konnte es sich nur um etwas außerordentlich Bedrohliches handeln.

Die beiden gingen die Treppe hinunter und über die Fahrstraße weiter bis zum Rand des Hafenbeckens. Auch die Entfernung, die Siegfried zwischen sich und den vermeintlichen Lauschern im *Kap* aufbaute, ließ auf Unerhörtes schließen. Es begann nun schon zu dunkeln; das brackige und vom Schlick eingetrübte Wasser schlug klatschend und recht müde gegen Kaimauer und Duckdalben, die »Heideröschen« wartete geduldig auf ihren Kapitän, und der große TAKRAF-Kran auf der gegenüberliegenden Seite des Hafenbeckens erholte sich von den Löscharbeiten des Tages.

Obwohl weit und breit kein Mensch zu sehen war, flüsterte Siegfried. Er schien seine Rede sorgfältig vorbereitet zu haben, denn sie klang wie ein heruntergeleiertes Gebet; dennoch war sie eindringlich und gab den Grad seiner Verzweiflung absolut glaubwürdig wieder.

Er setzte Anselm davon in Kenntnis, dass er nicht, wie er immer behauptet hatte, Architekt sei, sondern lediglich Bauzeichner und als solcher bereits seit zwei Jahren arbeitslos, dass er die letzten beiden Jahre mit dem Arbeitslosengeld und anderen Einkünften (»Du weißt schon, ist nicht mehr wie früher«) gerade so über die Runden gekommen war, doch nun sei er vollkommen am Ende, er habe »den Arsch voller Schulden« und daher beschlossen, sich abzusetzen, er habe einen Onkel am Niederrhein, wo genau, wolle er »aus verständlichen Gründen« nicht sagen, der wolle ihn aufnehmen, aber nur für einen Monat und dann auch nur gegen Vorkasse von zweitausend Mark.

»Ich muss einfach weg«, beschloss er seinen Vortrag, »eher gestern als heute, glaub mir, ich darf schon gar nicht mehr nach Hause, da warten schon die Bullen, was ich brauche, sind zwei Riesen, und du hast doch Geld.« Sein bebender Körper nahm die Farbe des Hafenwassers an; er schnaufte kurzatmig. »Du hast doch Geld«, wiederholte er und tippte mit seinem fetten Mittelfinger gegen Anselms Brust.

»Das denkst du«, sagte Anselm, »das denken alle. Ich würd's dir ja gerne geben, das weißt du, aber ich hab gerade auch 'n Engpass, vielleicht in zwei, drei Wochen, aber jetzt – «

Siegfried starrte ihn an, als habe er kein Wort verstanden. »Zwei Riesen«, flüsterte er schließlich, »das nimmst du doch aus der Portokasse, und ich kann damit untertauchen.«

»Komm, Siegfried, ich hab's wirklich nicht. Wenn ich's hätte, würd ich's dir geben, aber was nicht geht, geht eben nicht.«

Da drehte sich Siegfried um, tat nur einen Schritt und sprang ins Hafenbecken. Es war gerade Niedrigwasser, und bis zur Oberfläche waren es gute sechs Meter. Siegfrieds Masse teilte das Wasser mit einem gewaltigen Klatscher, es schlug über ihm zusammen, Anselm hörte ein gurgelndes »Hilfe!«, dann war einen Moment lang Stille, und dann tauchte der schnaufende Siegfried neptungleich mit irgendeinem schleimigen Gestrüpp auf dem Kopf auf und rief matt ein zweites »Hilfe!«

Trotz dieses spektakulären Sprungs war Anselm nicht wirklich besorgt; aus Siegfrieds Erzählungen wußte er, dass er die Damen auf Sylt unter anderem auch durch seine Schwimmkünste beeindruckt hatte. Allerdings prustete und paddelte der Kloß unter weiteren zarten »Hilfe!«-Rufen im Hafenbecken so dilettantisch herum, dass Anselm erste Zweifel kamen, ob er vielleicht nicht doch übertrieben hatte. Die Gefahr sah er eher darin, ob Siegfried letztlich die Kräfte aufbringen könnte, die sechs Meter Leiter in der Spundwand nach oben zu klettern.

»Siegfried!«, rief er, »was soll denn das? Du kannst doch schwimmen! Und sich selbst ertränken kann man nicht! Also komm wieder hoch!«

Siegfrieds Antwort war schwer verständlich; Anselm entnahm ihr aber so viel, dass er, Siegfried, auch noch von Geburt an ein schwaches Herz habe. »Zweitausend müssen doch drin sein«, fügte er flehentlich hinzu. »Oder wenigstens eins fünf.«

Diese freiwillige Reduzierung rührte schließlich Anselms Herz: »Also gut, einen Düsi, aber mehr ist nicht drin. Die Leiter ist von dir aus rechts.«

Aber Siegfried ließ nicht locker. In Kreisen paddelnd feilschte er Anselm auf eintausendzweihundertfünfundsiebzig Mark hoch; die weiteren Modalitäten sollte man an Land besprechen. Mit ein paar eleganten Kraulzügen glitt Siegfried auf die Leiter zu, und tatsächlich vollzog sich der Aufstieg so problematisch und mühevoll, wie es Anselm geahnt hatte. Auf der Hälfte der Höhe gestand ihm Siegfried, dass er zudem an extremer Höhenangst litt, weshalb er sicher »gleich auch noch abstürzen« werde.

Dann saßen sie schweigend auf der Kante der Hafenmauer, bis Siegfried wieder zu Atem gekommen war. »Scheiße«, sagte er traurig, »jetzt sind meine Fluppen nass geworden. Hast du mal eine?«

»Siegfried, du weißt doch, dass ich nicht rauche.«

Es war mittlerweile dunkel geworden. Die beiden hohen Laternen waren noch nicht angesprungen, und nur vom *Kap* schimmerte etwas Licht herüber. Unvermittelt deutete Siegfried mit seinem fetten Finger nach oben und sagte: »Da ist wieder einer.«

Anselm legte den Kopf in den Nacken. »Wer ist da?«

»Ein Satellit«, sagte Siegfried, »da rechts neben dem Schornstein.«

»Quatsch, Satellit! Das ist 'n Flieger.«

»Ein Flieger blinkt. Das ist 'n Satellit. Den kann man sehen, weil er noch von der Sonne beschienen wird. Hast du noch nie 'n Satellit gesehen?«

Der kleine helle Punkt war jetzt hinter dem Schlot der Papierfabrik verschwunden und tauchte gleich danach wieder auf.

»Wahnsinnsspeed«, sagte Siegfried, »und 200 Kilometer weit weg.«

»Beim Onkel am Niederrhein.«

»Mein Gott, du kannst einem aber auch die Romantik rauben.«

Als die beiden schließlich zurück ins *Kap* gingen, fiel keinem auf, dass Siegfried immer noch durchnässt und schlickverschmiert war. Sie begannen zügig zu trinken, Siegfried zog in Anbetracht der besonderen Umstände mit, und da er in aller Frühe ins Rheinland wollte, gab ihm Anselm seine Scheckkarte und die Geheimnummer für den Automaten, um »endlich mal durchschlafen zu können«. Siegfried sollte das Geld ziehen, die Karte in Anselms Briefkasten werfen und die Zahlenkombination vergessen. Dann tranken sie das Pensum zu Ende, vergaßen übers zunehmende Bramarbasieren, was war und was ist, und als sich Anselm schließlich gegen halb drei auf den Heimweg machte, vergaß er sogar, was noch werden würde.

Als er am nächsten Mittag unter der Dunstglocke seines Rauschs hervorkroch, galt der erste Gedanke, den er zusammenhängend fassen konnte, seiner Scheckkarte. Der Gedanke mutierte blitzschnell zu eisigem Schrecken. Ich bin verrückt, dachte er. Er sah das muntere Plastikkärtchen, begleitet von einer ebenso fidelen Geheimzahl, in allen Automatenschlitzen des Rheinlands verschwinden und wieder auftauchen und fette Finger dicke Bündel von Scheinen aus dem Geldschlitz reißen. Ich bin verrückt, dachte er, sprang auf, merkte, dass er noch angekleidet war, und rannte das Treppenhaus hinunter zum Briefkasten. Er brauchte nicht aufzuschließen, längst war der Schlüssel verloren gegangen, er zerrte die Reklamezettel, Anzeigenblättchen und Postwurfsendungen heraus, die sich in den letzten Tagen angesammelt hatten, und fand schließlich auf dem Grund des Kastens seine Scheckkarte.

Das war gut. Siegfried war ein Filou, aber kein Schwein; mochte ihm die Flucht nach Viersen, Grefrath oder Mönchengladbach gelingen! Die Kohle würde Anselm zwar nie wieder sehen, dafür aber wäre eine Seele gerettet, und vielleicht erwies sich Siegfrieds Onkel am Ende doch als ein guter Mensch und böte ihm Zuflucht und Obdach auch über die eintausendzweihundertfünfundsiebzig Vorauszahlung hinaus.

Zurück in der Wohnung sah Anselm den ganzen Stapel von Papier durch und fand zwischen der Speisenkarte von *Joey's Pizzaservice* und der Einladung zu einer Busfahrt nach Friedrichstadt (»mit Grachtenfahrt und Verkaufsveranstaltung«) einen Brief.

Nicht einen von der Sorte, die der Staatl. Lotterie-Einnehmer Johann Peter Boesche oder die Firma MobilCom verschicken, sondern einen richtigen Brief und dazu noch mit einem seriösen Absender. Das war schon wochenlang nicht vorgekommen, und so zitterten seine Finger, als er den Umschlag zerriss.

Es war der Brief, den er schon vor drei Wochen erwartet hatte. Da war er aber nicht gekommen, und schließlich hatte Anselm ihn vergessen. Es war der Antwortbrief auf seine Bewerbung als Texter bei der Agentur Claassen & Friends.

Einer von Herrn Claassens Friends teilte ihm mit, dass ihnen seine Bewerbungsunterlagen und Arbeitsproben gefallen hätten und sie sich eine Zusammenarbeit durchaus vorstellen könnten, allerdings nicht als feste Kraft, sondern als »Freelancer«, das sei heute so üblich. Sobald sie eine entsprechende Akquise in Aussicht hätten, würden sie ihn benachrichtigen und zum Briefing bestellen. Bis dahin bäten sie um etwas Geduld. Mit schönen Grüßen.

Fußballreporter hätten den Coach jetzt gefragt, ob die Mannschaft nun einen Punkt gewonnen oder zwei verloren hätte. Anselm entschied sich für den gewonnenen. Immerhin war er nie zuvor als Werbetexter tätig gewesen; seine Bewerbungsunterlagen und Arbeitsproben waren samt und sonders gefälscht, zusammengeklaut, abgekupfert. Er hatte nur irgendwo gehört, dass Werbetexter gesucht wurden und mindestens fünfundsiebzig Mark die Stunde verdienten.

Er würde den Nachmittag damit verbringen, Redakteuren in den Sendern nachzutelefonieren, die gerade in Sitzungen oder in Urlaub waren, und sich von jungen Producerschnöseln bestätigen zu lassen, dass er schlichtweg zu alt sei, um Drehbücher für Vorabendserien zu schreiben. Dann würde er sich mit einem miesen, dafür aber wenigstens teuren Essen im

Alten Amtsgericht belohnen und anschließend auf einen Sprung ins *Kap* gehen, um dort Helmut zu treffen.

Helmut betrieb eine »Kunstgalerie« am Ort, in der er Touristen überwiegend in Kommission Bilder verkaufte. Helmuts Geschmack und Angebot waren ausgesprochen puristisch. Er führte ausschließlich »realistische« Kunst in seinem Sortiment, jede auch nur schwache Andeutung in Richtung auf Abstraktion oder Deformation war ihm ein Gräuel, und wenn nach seiner Auffassung die Farbe eines Details in einem Bild nicht »stimmte«, lehnte er es ab. Anselm erinnerte sich daran, dass ihm Helmut in ihrem einzigen Gespräch über Kunst verraten hatte, ihm gingen alle Bilder, die er verkaufen müsse, »am Arsch vorbei«, weil nach Matthias Grünewald einfach kein Maler mehr ein »vernünftiges Bild« zustande gebracht habe. Anselm hatte ihm vor zwei Jahren ein Bild des Schoners »Victoria von England« des Marinemalers Kairis aus der Erbmasse seiner Großmutter anvertraut, das gut und gern seine zweitausend Mark bringen konnte, aber irritierenderweise nie im Schaufenster oder in der Galerie selbst zu sehen gewesen war.

Jedes Mal, wenn Anselm ins *Kap* ging, fragte er sich, was er in dieser elenden Hütte mit all den Schwachköpfen zu suchen hatte. Und jedes Mal gab er sich dieselbe Antwort. Nirgendwo in seinem Leben hatte er einen Ort wie diesen gefunden, einen Ort der vollkommenen Übereinstimmung mit den Gegebenheiten. Alle seine Gäste waren Existenzen, die außerhalb des *Kaps* nichts hatten, nichts waren und auch nichts wollten. Erst wenn sie hier zusammenkamen, ohne Zurückhaltung und Furcht, sich lächerlich zu machen, warfen sie ihre Fähigkeiten zusammen, und die Kaschemme wurde plötzlich zu einem kleinen, wunderbaren Theater. Es gab magische Abende, an denen der kollektive Wahnsinn ausbrach, ohne erkennbaren Anlass und ohne dass irgendwelche Spielregeln festgelegt werden mussten.

Die Bewohner des *Kaps*, die den harten Kern bildeten, waren abends nur dann nicht anwesend, wenn sie stationär behandelt wurden oder ihre Eltern zu Besuch hatten. Darum aber kreisten Satelliten, die ihre festen Tage hatten. Helmut und Tarzan kamen Donnerstag, Sonntag und Montag, und heute war Donnerstag.

Als Anselm das *Kap* betrat, wusste er schon, wo Helmut saß und Tarzan lag. Tarzan war Helmuts Hund. Zumindest behauptete er das, doch außer der Tatsache, dass die beiden an den drei Abenden nahezu zeitgleich das *Kap* betraten und auch wieder verließen, und Helmuts anfängliche und einmalige Behauptung, der Hund hieße Tarzan und gehöre ihm, ließ nichts auf die wirklichen Verhältnisse schließen.

Anselm quetschte sich neben Helmut an den Tresen und erkundigte sich nach dem Schicksal seines Schoners.

»Was für 'n Schoner?«

»Die ‚Victoria von England' von Kairis. Ich hab sie dir vor zwei Jahren in Kommission gegeben. Du erinnerst dich doch noch?«

»Ich weiß im Augenblick nicht, worüber du redest«, sagte Helmut unwirsch. »Erst ist es ein Schoner, dann die Queen – du musst dich schon klarer ausdrücken.«

»Na, das Bild, das ich dir gegeben habe, mit dem Schiff drauf!«

Helmut schien nun tatsächlich nachzudenken. »Das Bild«, murmelte er, »das Bild«, und plötzlich zog sich sein Gesicht in Zorn zusammen. »Ach, du meinst dieses Machwerk! Das hab ich nicht mehr!«

»Du hast es verkauft?«

»Ich hab's weggegeben.«

»Was?«

»Ich sage dir: Da stimmte vorne und hinten nichts! Völlig wertlos! Die ‚Queen' war ein Gaffelschoner und keine Schonerbrigg! Der hat einfach einen voll getakelten Fockmast dazu gemalt. Das musst du dir erst mal klar machen.«

»Helmut! Das Ding war mindestens zwei Mille wert!«

»Keinen Sou!« hielt Helmut dagegen. »Wenn die Details nicht stimmen, ist auch das Ganze nichts wert. So einen Scheißdreck verkauf ich nicht.«

»Aber warum hast du's mir dann nicht wenigstens zurückgegeben?«

»Ich dachte, du wolltest es los sein. Würdest du dir denn so 'n Scheißdreck an die Wand hängen?«

Es war sinnlos, hoffnungslos, aussichtslos. Selbst wenn er Helmut verklagte, würde der nie zur Besinnung kommen. Hatte Helmut wirklich jemals den Isenheimer Altar gesehen?

Anselm zog sich zurück. In seinem Bestreben, möglichst wenig zu trinken, verspannte er sich und trank so viel, dass er nach seiner Rückkehr nicht mehr in der Lage war, das Fax zu lesen, das ihm sein Gerät auf den Flurboden gelegt hatte.

»ES IST SO WEIT!« Als er am nächsten Morgen bis dahin gekommen war, zitterten seine Hände eine Spur stärker als gewöhnlich, das Herz gab einige bisher unbekannte Triolen zum Besten, und Schweiß brach an Stellen aus, die bei ihm gewöhnlich trocken blieben. Er las nicht weiter. Er faltete das Blatt zusammen, warf sich seine Jacke über und verließ die Wohnung.

Das Fax war von Eva und Robert aus Brüssel. Es hatte mit einer launigen Anrede begonnen und der Feststellung, die Anselm in den Ausnahmezustand gestürzt hatte.

Als Erstes kaufte er sich eine Packung Marlboro. Dann setzte er sich ins *Café Neumann* und bestellte ein Brötchen mit Zwiebelmett und eine Tasse Kaffee. Er bat die Kellnerin um Streichhölzer und zündete sich eine Zigarette an, die erste seit drei Jahren.

Wenn in diesem Fax das stand, was er nach dem Trompetenstoß des ES IST SO WEIT! vermutete, war er gerettet. Dann war er ein für alle Mal aus dem Schneider. Er hatte eigentlich zu keinem Zeitpunkt wirklich daran geglaubt, dass aus dem mageren Treatment, das er den beiden vor fast anderthalb Jahren geschickt hatte, etwas werden könnte. Er konnte sich auch nur noch vage daran erinnern, worum es in ihm ging, obwohl es seine eigene Idee gewesen war. Er hatte sich damals einfach hingesetzt, diese Idee so entwickelt, wie er sie gern als Film gesehen hätte, und an die beiden geschickt.

Drei Jahre lang hatte er sich mit ihnen eine Wohnung in Hamburg geteilt, bis die beiden dann nach Brüssel zogen (warum eigentlich?) und er in das entsetzliche Kaff an der Elbe (weil er seine Ruhe haben wollte).

Als Brötchen und Kaffee vor ihm standen, zündete er sich die zweite Zigarette an. Sofort trat der erwünschte Effekt ein: Eine zarte Übelkeit überfiel ihn und versetzte ihn in einen fast somnambulen Zustand. Er winkte der Kellnerin und erbat einen Fernet-Branca.

ES IST SO WEIT! Die beiden teilten ihm mit, dass die Concordia-Film in München endlich ihr Treatment für die Serie *Wer sind denn schon die Wittichs?* abgesegnet hat. »Und damit Du nicht glaubst, es wäre so ein Blindgänger wie mit der Bavaria seinerzeit: Korzus will sechs Drehbücher (mit Aussicht auf Verlängerung), alle hübsch komisch, keine Klamotte, 60 Minuten, fürs erste Buch gibt's 40.000, für jedes weitere 50.000, das macht – warte mal – 290.000, durch Drei: 96.666,66 pro Nase.«

Man sagt, er habe magische Kräfte. Nicht zum ersten Mal war Anselm geneigt, der Firma Fernet Glauben zu schenken. In diesem Moment hätte er sogar das Versprechen der Schwäbisch-Hall unterschrieben, dass man auf ihre Steine bauen könne.

Möglichst schon am kommenden Montag solle er nach Brüssel kommen. Er solle sich zunächst ein Hotelzimmer nehmen und von da aus eine Bude suchen; das Ganze würde bestimmt einige Monate dauern, und es wäre doch eine Überlegung wert, ob er nicht sogar seine Wohnung ganz aufgeben solle.

Es war keine Überlegung wert. Es war bereits entschieden. Auf seine Wohnung mit dem Blick auf den Hafen waren Kai und Wiebke schon seit Jahren scharf. Er würde alle Klamotten einfach dalassen und nach Belgien emigrieren.

Anselm griff zur Kaffeetasse und hatte Mühe, seinen Mund zu finden. Seine Hand zitterte so stark, dass ein paar Tröpfchen aufs Papier fielen.

Es war alles ganz einfach: Er würde das restliche Geld abheben, die Sache mit der Wohnung klarmachen und sich übers Wochenende im *Kap* für Belgien konditionieren. Am Montagmorgen säße er dann im Wagen mit nichts anderem im Gepäck als seinem Laptop, und die sieben fetten Jahre könnten beginnen.

Karte einbehalten. Wenden Sie sich bitte an die kontoführende Stelle.

Die Worte waren ihm nicht unvertraut, und trotzdem brachten sie sein Herz immer wieder aufs Neue fast zum Stillstand. Die kontoführende Stelle war wohl Herr Kröger. Anselm wandte sich an eine der Kassiererinnen und fragte sie, ob Herr Kröger in seinem Büro sei. Sie sagte »Moment bitte!«, tippte auf eine Taste ihrer Telefonanlage und sagte nach einigen Sekunden: »Herr Feyrig ist hier. – Herr Kröger erwartet Sie.«

Herr Kröger schilderte ihm in wenigen Worten seine Machtlosigkeit. Er, Anselm, habe vorgestern die Summe von neuntausend Mark aus dem Automaten gezogen, und noch einmal neuntausend könne er nicht verantworten, das sei gegen ihre Übereinkunft.

Anselm war, als schwebe er. So ähnlich musste sich Schwerelosigkeit anfühlen. Er begriff nur langsam, nach und nach, was da geschehen war. Er sagte erstaunlich ruhig, es habe sich nur um ein Missverständnis gehandelt, selbstverständlich beanspruche er keine weiteren neuntausend Mark, Herr Kröger solle sich keine Gedanken machen. Er wolle nur seine Karte zurückhaben.

Dafür würde er sorgen, sagte Herr Kröger; er riefe ihn an, sobald er sie in Händen habe.

Anselm schwebte aus dem Büro, die Treppe hinunter, hinaus auf die Straße. Siegfried das Schwein hatte am Morgen die Karte in den Kasten geworfen, um sich den nötigen Vorsprung zu sichern.

Keine Panik. Das war das Wichtigste. Ruhig werden. Was waren die neuntausend gegen 99.666,66? Andererseits hatte er jetzt höchstens noch hundertfünfzig Mark in der Tasche und ein ganzes Wochenende vor sich. Und irgendwie musste er am Montag nach Brüssel kommen. Unterm Strich hieß das, er musste sich Geld beschaffen.

Anselm war ein Meister im Geldbeschaffen, und genau diese wunderbare Eigenschaft würde ihm jetzt zum Verhängnis. Die möglichen Quellen waren inzwischen vollkommen ausgeschöpft. Er hatte zwar nie Buch darüber geführt, aber überschlägig hatte er zur Zeit etwa achttausendfünfhundert Mark Schulden bei etwa zehn bis zwölf Gläubigern. Andere potente und potenzielle Geldgeber kannte er nicht.

Er ging zum Marktplatz, wo er den Wagen abgestellt hatte, und setzte sich hinein. Er schlug sein Adressenverzeichnis auf; es konnte ja sein, dass er jemanden übersehen hatte.

Als er bei S wie Sparkasse angekommen war, fiel ihm auf, dass er einen Namen durchgestrichen und an seine Stelle »Kröger« geschrieben hatte. Trepenthin.

»Feyrig«, sagte Anselm.

»Feyrig?« fragte Frau Trepenthin. »Anselm Feyrig?«

»Genau der.«

Das Schweigen am anderen Ende der Leitung ließ auf Überraschung schließen. »Was kann ich für Sie tun?« fragte Frau Trepenthin, als begänne sie ein Kundenberatungsgespräch.

»Sie können mir einen Gefallen tun«, sagte Anselm. »Ich möchte Sie gern zum Essen einladen.«

»Zum Essen? Mich?«

In einem gefühlvollen Monolog setzte ihr Anselm auseinander, dass er in der Zeit ihrer beruflich bedingten Kontakte schon oft daran gedacht hatte, sie einzuladen, dass er aber mit Rücksicht auf ihre geschäftlichen Beziehungen stets davon Abstand genommen hatte. »Es hätte ja sonst wie Bestechung oder Korruption aussehen können«, und vermutlich wäre es Bankangestellten sogar verboten, mit Kunden persönlichen Verkehr zu pflegen. Nun aber, da diese Bedenken gegenstandslos geworden wären, hätte er sich endlich ein Herz gefasst, was ihm nicht leicht gefallen sei, wie sie sich denken könne, und nun lade er sie ein, auch als Dank für ihr Verständnis und ihre Unterstützung in schwerer Zeit. Morgen Abend könnte er sie abholen, »sagen wir halb acht«, und dann würden sie irgendwo hinfahren und dort was Leckeres essen.

Frau Trepenthin, nach einer Pause, machte ein brummendes Geräusch und sagte dann: »Das ist ja ’ne Überraschung. Hat sich Ihre finanzielle Situation denn mittlerweile geändert?«

»Im Prinzip ja«, sagte Anselm. Vielleicht könne man sich in diesem Zusammenhang auch gleich über Anlagemöglichkeiten unterhalten.

»Eigentlich müsste ich morgen Abend zum Freeclimbing.«

»Das mach ich jeden Tag, gewissermaßen«, sagte Anselm. Wer ‚eigentlich' sagt, das wusste er aus Erfahrung, hat schon verloren.

»Vielleicht rufen Sie in der nächsten Woche noch mal an«, sagte Frau Trepenthin. »Läuft uns ja nicht weg.«

»In der nächste Woche kann ich nicht«, sagte Anselm, »da bin ich auf Recherchereise im Schwarzwald.«

»*Für alle Fälle Stefanie* spielt doch nicht im Schwarzwald.«

»Das ist nicht für *Stefanie*. Das ist was ganz Neues. Und Freeclimbing geht auf die Bandscheiben.«

Frau Trepenthin schien einige Sekunden zu überlegen. Dann sagte sie: »Okay – Sie kommen um halb acht vorbei?«

»Punkt halb acht«, bestätigte Anselm.

»Ciao.« Klick.

Jetzt würde es nur noch darum gehen, sich für eine Rolle zu entscheiden. Entweder gab er den unversehens in Not Geratenen, der kurzfristig eine Überbrückung brauchte, um in den Schwarzwald zu kommen (»Ich schick's Ihnen, sobald der Producer am Set ist«), oder den tragisch Umwitterten, dem aufgrund eines unvorhergesehenen Missgeschicks die einmalige Chance entgeht, Recherchen im Schwarzwald durchzuführen (»So zerplatzen Träume, noch bevor sie entstehen«). Realistisch gesehen, brauchte er nur tausend Mark für die ersten Tage in Brüssel. Dafür musste Frau Trepenthin immer gut sein. Intime Kenntnisse über Vorabendserien waren eigentlich unbezahlbar.

Es war mittlerweile sechs Uhr geworden. Höchste Zeit.

Als Anselm das *Kap* betrat, fand er zu seiner Überraschung neben drei erwarteten Gästen einen vierten vor, den er nicht kannte. Er sagte laut: »Fritz, mach mir ein ganzes Bier, aber zügig, oder mach am besten gleich zwei!« und setzte sich an den Tisch mit dem Fremden, der in der *Norddeutschen Rundschau* las. Schnulli und Schwarte spielten am Nebentisch Schach, und Schmiddi sah ihnen kommentierend zu.

Fremde wurden im *Kap* geduldet, wenn sie sich »ordentlich aufführten«, wie der allgemeine Konsens lautete; taten sie das nicht, gab es eine abgestufte Folge von Maßnahmen, die ihnen den Aufenthalt zunehmend unattraktiv erscheinen ließen. Das Lesen der *Rundschau* war zwar ungehörig, aber eigentlich unverdächtig, aber da war etwas anderes, das Anselm störte. Er merkte es erst, als die beiden Gläser Bier vor ihm standen. Bis dahin war seine Aufmerksamkeit durch eine Mischung von unbändigem Bierdurst und einer mühsam unterdrückten Panik absorbiert gewesen, doch nach den ersten drei Schlucken und einem befreiten Aufatmen kam er zu sich und stellte fest, dass der Fremde die Zeitung nicht las, sondern nur durchblätterte. Er tat das nicht in der Art, als suche er etwas, sondern als zähle er insgeheim die Seiten, ob auch nicht eine fehle. Als er die letzte Seite umgelegt hatte, faltete er das Blatt sorgfältig in der Mitte zusammen und sagte sehr leise, so dass ihn Anselm kaum verstand: »Alles geschmeidig, Herr Feyrig?«

Anselm nickte, ein wenig erschreckt. »Danke«, sagte er. »Es geht so.«

Der Fremde hatte nichts Auffälliges an sich, sah man einmal von einem dicken Siegelring mit blauem

Stein ab, den er an seiner linken Hand trug. Anselm hätte ihn wegen seiner leicht deformierten Nase für einen älteren Boxchampion gehalten, nicht einen von der Schlägersorte, sondern eher einer von den Eleganten. Er starrte weiter auf die Zeitung und begann plötzlich zu kauen.

»Wir kennen uns?« fragte Anselm.

Der Fremde schüttelte unmerklich den Kopf. Er hob die Tasse an seine Lippen und trank einen Schluck Kaffee. »Upps«, sagte er so leise wie eben, »da ist mir der Kaugummi abgegangen.«

»Weißt du, dass du absolut blind bist?« ächzte der Kiebitz am Nebentisch. »Du lernst das Schachspielen einfach nicht!«

»Was soll ich denn machen?«, wehrte sich Schwarte. »Der kommt doch da mit seiner Flügelzange und fickt mich von hinten!« Dann trat wieder Ruhe ein.

»Die Zeiten werden immer schwerer«, sagte der Fremde unvermittelt und so leise, dass Anselm ihn kaum verstehen konnte. »Der Armutsbericht der Bundesregierung sagt es ganz deutlich, und ich sage Ihnen auch, warum das so ist.« Er machte eine Pause, doch als Anselm schon annahm, er habe den Faden verloren, fuhr er fort.

»Es liegt an der Ellbogengesellschaft. Es liegt daran, dass es nur noch ums Geld geht. Das ist die Wahrheit. Es geht nur ums Geld. Geld, das man hat oder nicht hat.«

»Richtig«, sagte Anselm.

Den nächsten Satz sagte der Fremde so leise, dass Anselm ihn nicht verstand. »Wie bitte?« fragte er. »Ich habe Sie akustisch nicht verstanden.«

»Der zweite Punkt, sagte ich, ist der, dass die allgemeine Zahlungsmoral auf den Hund gekommen ist. Selbst der Staat hält sich nicht mehr an Fristen, selbst die Öffentliche Hand nicht. Der kleine Handwerksmeister weiß nicht, wo ihm der Kopf steht, aber der Staat begleicht seine Schulden nicht.«

»So ist das wohl«, sagte Anselm.

»Und wenn der kleine Mann dann vor den Kadi zieht, kommt dabei nichts für ihn rum, weil das durch alle Instanzen geht und er sich die teuren Prozesskosten nicht leisten kann. Ist doch so, oder?«

Jetzt sah ihn der Fremde zum ersten Mal an. Anselm hätte nach diesem eindringlichen Appell an die Zahlungsmoral der öffentlichen wie privaten Hände einen engagierten, ja feurigen Blick erwartet, aber der Fremde schaute ihm völlig teilnahmslos in die Augen.

Er wartete auch keine Antwort ab, sondern fuhr im selben leisen und etwas näselnden Tonfall fort: »Da kann man es doch niemandem verdenken, dass er irgendwann zur Selbsthilfe greift, in diesen schweren Zeiten.«

»Das ist aber nicht jedermanns Sache, Selbstjustiz«, sagte Anselm schlapp.

»Selbsthilfe«, korrigierte der Fremde, »das ist was anderes. Er muss sich ja die Hände nicht selbst schmutzig machen.«

»Aber wir sind doch nicht mehr in der Steinzeit, wo man dem anderen einfach eins über die Rübe gezogen hat.«

»Wir sind in der Steinzeit«, sagte der Fremde, und es war das erste Mal, dass er die Stimme anhob. »Nur dass man heute nicht mehr selbst haut, sondern hauen lässt.«

»Matt, du Pfeife«, sagte Schnulli verächtlich, »du könnt'st tausend Partien gegen mich spielen, du würd'st nicht eine gewinnen! Fritz, noch ein Bier, geht auf Schwarte!«

Vom Tresen her gab der Wirt Schwarte den Rat, er solle Schnulli in Zukunft jeden Tag ein Bier ausgeben und sich den Unsinn mit dem Schach ersparen.

»Verstehen Sie, was ich meine?« fragte der Fremde.

»Doch, doch«, sagte Anselm. »Sie sagen, dass es Leute gibt, die Kohle eintreiben.«

»Eintreiben lassen. Durch Profis.«

Am Nebentisch stellte Schwarte die Figuren wieder auf und forderte von Schnulli Revanche.

»Find ich aber gar nicht nett«, sagte Anselm. »Klingt reichlich mafiös.«

»Sie sind ein kluger Mann, Herr Feyrig.«

Anselms Blick fiel auf seine beiden Gläser. Er musste sie während des Gesprächs mit dem Fremden ausgetrunken haben.

»Mein Klient ist, sagen wir es vorsichtig, ungehalten über Ihr Gebaren«, sagte der Fremde. »Er hat mich gebeten, mit Ihnen zu reden und Ihnen das Unbedachte Ihres Verhaltens vor Augen zu führen.«

»Ihr Klient?« Anselm ging die Liste seiner Gläubiger durch, kam aber zu keinem schlüssigen Ergebnis.

»Du Arsch kannst doch nicht jetzt schon mit der Dame kommen!« rief Schmiddi entsetzt. »Warum machst du nicht erst die Rochade?«

»Ich sag es mal so«, sagte der Fremde, »zweitausend bis Montag, die nächsten zweitausend am Freitag, jeweils cash auf die Kralle.«

Viertausend. Also Holländer, die Ratte.

»Okay«, sagte er. »Ich werde es versuchen.«

»Sie werden es versuchen?« Zum zweiten Mal schaute ihn der Fremde an. »Sie werden es bringen.«

»Wohin?«

»Hierhin. I'll be there.« Der Fremde stand auf, trat an den Nebentisch und schaute etwa eine Minute auf das Brett. Dann ging er zum Tresen, legte ein Geldstück darauf und verließ das *Kap*. Anselm sah durch die Scheibe seinen Körper, dann seinen Kopf die Stufen hinunter verschwinden. Eine Minute später schoss ein ziemlich fetter, aber schon etwas in die Jahre gekommener, tiefer gelegter Benz hinter dem Lokal hervor und donnerte die Mole in Richtung Stöpe hinunter. Anselm war aufgesprungen und auf die Terrasse gestürzt. Von dem Nummernschild konnte er nur noch das doppelte H und ein B erkennen.

Er lehnte sich an die Brüstung und versuchte, sich zu beruhigen. Bis Montag waren es noch drei Tage.

»Was kennst du denn für Leute?« Er hatte gar nicht gemerkt, dass Fritz ihm gefolgt war.

»Mein Onkel«, sagte Anselm.

»Von der Reeperbahn?«

»Mach mir lieber noch ein Bier. Und einen Whisky.«

In einem waren sich alle Insassen des *Kaps* einig: Fritz war der beste Wirt unter den Wolken. Zu diesem Prädikat verhalfen ihm im Wesentlichen drei Eigenschaften: Er zählte, während er locker aus dem Handgelenk den Whisky eingoss, langsam einundzwanzig zweiundzwanzig dreiundzwanzig, er stellte sich bei seinen Rechnungen auf die finanzielle Situation des jeweiligen

Gastes ein, und er blieb so lange im Lokal, wie es seinen Gästen gefiel. Fritz hatte alles unter Kontrolle. Er wusste so ziemlich alles über seine Gäste und behielt es für sich. Mit einer Ausnahme war es in seinem Lokal noch nie zu Streitigkeiten gekommen, die die Grenze der Verbalität überschritten. Hin und wieder trank er seinen Gästen das Restbier weg oder biss von ihren Bockwürsten oder Buletten ab, aber das störte niemanden, das gehörte zur Inszenierung.

»Du bist in Schwierigkeiten«, stellte Fritz fest.

»Wer ist das nicht?«

»Da sagste was Wahres. Einundzwanzig zweiundzwanzig dreiundzwanzig ach Quatsch vierundzwanzig.«

Fritz stellte ihm den Whisky und das Bier auf den Tresen. »Ich mach den Laden dicht, in einem Monat.«

Der Schreck, der Anselm überfiel, ließ ihn augenblicklich zum Glas greifen. Er kippte gegen alle Gewohnheit den Whisky in einem Zug herunter. Er hatte gedacht, das *Kap* würde nie sterben. »Bist du verrückt? Warum denn das?«

»Die Mädels gehen nicht mehr raus«, sagte Fritz und machte dabei einen fröhlichen Eindruck. »Sieh dich doch um. Es ist halb acht, und vier Leute sind in der Kneipe. Da kommste nicht auf 'n Schnitt. Aber häng das nicht an die große Glocke. Braucht noch keiner zu wissen.«

Als er Frau Trepenthin am nächsten Abend abholte, hatte Anselm noch hundertfünf Mark und siebenundvierzig Pfennige in der Tasche. Das hieß, dass er bei der Wahl des Restaurants und der Speisen geschickt steuern und permanent mitrechnen musste.

Zu seiner Überraschung empfing sie ihn nicht mit Sonnenbrille im Haar, dafür aber in schwarzer Ledermontur. Sie warf ihm einen Motorradhelm zu und fragte ihn, ob er etwas dagegen hätte, wenn sie mit dem »Moppett« führen. Sie gingen hinters Haus in eine Art Stall, wo das Gerät lauerte, eine 750er Kawasaki. Seine Frage, ob die Zahl für die Höchstgeschwindigkeit stehe, quittierte sie mit einem Lächeln, das er nur für eine Drohung halten konnte.

Unvermittelt streckte sie ihre Hand aus und sagte: »Ich heiße Elvira – auf dem Moppett siezt man sich nicht.«

»Anselm.«

»Ich weiß. Bist du schon mal auf dem Sozius gefahren?«

»Nein, bisher nicht.«

»Es ist ganz einfach, aber eins ist wichtig: Du musst dich ganz fest an mir festhalten, und in den Kurven musst du mitgehen, verstehst du? Du darfst dein Gewicht nicht gegenlagern.«

»Das würde ich nie tun, um Gottes willen.«

»Okay, dann steig auf.«

Sie schwang sich auf den Bock und er kletterte hinter ihr her. Die Kawasaki schien nur auf diesen Moment gewartet zu haben. Sie brüllte auf vor Lebenslust und zitterte am ganzen Leib. Der erste Gang knallte ins Getriebe. »Halt dich gut fest, sonst bleibst du hier!« rief Elvira Trepenthin und lockerte die Kupplung. Sie schossen durch die geöffnete Stalltür über den Plattenweg zum Gartentor und dann links in die Königsberger Straße.

Nie hätte Anselm für möglich gehalten, dass es für

Bankangestellte eine Welt jenseits der Erfüllung von Dienstvorschriften und des sauberen Erreichens der Altersgrenze gab. Elvira Trepenthin fuhr so unbeeindruckt von allen Regeln der Straßenverkehrsordnung (mit zeitweiliger Ausnahme des Rechtsfahrgebots), dass er sich zu fragen begann, wie man mit dieser Easy-Rider-Mentalität Karriere in einer Sparkasse machen konnte. Gab es wirklich Parallelwelten, hier der Dienst und da das Abenteuer?

Nach einer Viertelstunde fragte er sich nichts mehr. Er genoss einfach. Er hielt seine ehemalige Kundenbetreuerin im Arm, der sommerliche Fahrtwind knallte ihm warm und hart ins Gesicht, die Kurven bogen sich von selbst gerade, wenn man sich ihnen hingab, und auf den Geraden hatte er das Gefühl, als müssten sie gleich abheben.

Kurz vor Brunsbüttel bogen sie in die Auffahrt zur B 5 in Richtung Norden ab. Es war Samstagabend, wenig Verkehr in der Marsch, und Anselm wusste, was die Stunde geschlagen hatte. Die B 5 war vor Jahren kreuzungsfrei ausgebaut worden. In wenigen Sekunden hatte Elvira Trepenthin alle Gänge durchgeschaltet, der Zeiger im Tachometer machte einige energische Rucke und drehte sich dann kontinuierlich weiter und weiter, bis er sich auf der Höhe von Wilster zitternd auf dem Strich für zweihundertzwanzig km/h eingependelt hatte. Anselm Feyrig hatte keine Angst. Für einen Augenblick dachte er daran, dass diese Fahrt vielleicht die Lösung aller seiner Probleme brächte. Irgendein Scheißast auf der Fahrbahn, irgendein Klumpen Dreck, den ein Landwirt von seinem Wagen verloren hatte, irgendein zermatschter Kadaver eines Karnickels oder

Igels würde alles beenden. Es gab kein Ausweichen. Es gab nur den freien Flug über hundertzwanzig Meter und zwei gebrochene Genicke und ein paar Tage später zwei Holzkreuzchen an der Böschung mit ein paar Blumensträußchen und der törichten Frage: Warum? Es konnte kein schöneres Ende geben.

Kurz vor Itzehoe nahm Elvira Trepenthin das Gas raus. Sie wurden langsamer und langsamer, und als sie den Ortseingang erreicht hatten, fuhren sie nahezu die vorschriftsmäßige Geschwindigkeit. »Was hältst du vom *Amadeo*?« rief sie ihm zu. Das war gut. Pizza passte ins Budget.

Als sie vor dem Lokal abstiegen, hielt es Anselm nicht mehr für ausgeschlossen, dass Herr Kröger in seiner Freizeit Tiger bändigte oder in dunklen Hinterzimmern Russisches Roulette spielte. Er merkte, wie angespannt er war, und schüttelte Beine und Arme aus.

»Beim ersten Mal gibt's immer Muskelkater«, sagte Elvira Trepenthin. Der Kellner stand vor der Tür und drehte fast durch, als er die Beiden sah. »Buona sera«, schrie er ihnen vergnügt entgegen, »isse wunnebare Tische drauße aufe Terrasse!« Er wedelte vor ihnen her und führte sie in den Hinterhof, in dem ein Springbrunnen einsam vor sich hin plätscherte. »Schon wasse trinke?«

Anselm sah Elvira Trepenthin fragend an. »Wasser«, sagte sie.

»Für mich ein Bier.«

Der Kellner reichte ihnen die Karte und sang ein kleines Lied, dessen Ende unverständlich blieb: »Habbe wir heute speciale bisse Spaghetti mit bisse Rucola unde umm umm.« Dann entfernte er sich beschwingt und verschwand in der Küche.

Beide blätterten schweigend ihre Karten durch. »Auf Pizza steh ich heute nicht so«, sagte Elvira Trepenthin. »Ich auch nicht«, sagte Anselm, »vielleicht nehme wir ja speciale bisse Spaghetti mit bisse Rucola unde umm umm.«

»Umm umm ist immer gut.«

Anselm bestellte die empfohlenen Spaghetti, und der Kellner stellte ihnen zum Dank zwei Grappe auf den Tisch, »geht aufs Haus«.

Sie stießen an, sie mit Wasser, er mit dem ersten Grappa. »Und was ist denn nun der wahre Grund Ihrer Einladung?« fragte sie nach dem ersten Schluck.

Für Sekunden gab es ein Gewitter in seinem Hirn. Es blitzte und donnerte, und dann kam der erlösende Regen.

»Scheiße«, sagte er. Und dann erzählte er Elvira Trepenthin von den 99.666,66 Mark, die in Brüssel auf ihn warteten, und dass er nur noch nicht wisse, wie er das Geld für die Fahrt und die ersten Tage in einem Hotel aufbringen sollte.

»Und was hab ich damit zu tun?«

Spring, dachte er, du hast nichts zu verlieren. »Ich hab mir einfach gedacht, Sie zu fragen, ob Sie mir nicht – na eben tausend Mark bräuchte ich, als privates Darlehen. Ich kenn' sonst niemand ...«

»Aber Sie haben doch erst vorgestern neuntausend Mark abgehoben; ich hab mich bei Kröger erkundigt.«

»Sie werden es mir kaum glauben.« Mit dieser klassischen Einleitung begann Anselm seine Beichte, und

Elvira Trepenthin beschloss sie mit dem Fazit: »Herr Feyrig, Sie sind ein kompletter Idiot.«

»Salute«, sagte Anselm und griff zum zweiten Grappa.

Der Kellner segelte mit zwei Riesentellern heran und setzte sie mit routinierter Grandezza und einem heiseren »Buon appetito!« vor ihnen ab.

Die beiden umm-umms erwiesen sich als zwei Hummer. Zwei Riesenhummer schaukelten als ein leuchtend roter Anschlag auf die hundertfünf Mark in ihren Betten von Spaghetti und Rucola. Selbst dieser *stronzo* von einem Kellner wollte ihn fertig machen.

Anselm versuchte erst gar nicht den Eindruck zu erwecken, als gehöre Hummer zu seinen Routinebestellungen. Elvira Trepenthin hätte ihn ohnehin durchschaut. Sie bot an, die Hälfte der Rechnung zu übernehmen, wenn er ihr zeige, wie man dieses Tier verspeise.

Es wurde im Großen und Ganzen noch ein vergnüglicher Abend. Sie zwang ihn zwar zu einigen Geständnissen hinsichtlich seiner »connections« zur TV-Prominenz, was er aber mit Hinweis auf den Auftrag, der in Brüssel auf ihn wartete, hinreichend kompensieren konnte. Es gab nur einen wirklich heiklen Augenblick, als sie ihn nämlich mit der exzellent getimten Frage konfrontierte, wie weit er denn gegangen wäre, um an das Darlehen zu kommen.

»Was heißt: wie weit?« fragte er auf Zeitgewinn.

»Das wissen Sie ganz genau.«

»Nein, keine Ahnung.«

»Wären Sie zum Beispiel mit mir ins Bett gegangen?«

»Einspruch, Euer Ehren«, sagte Anselm matt, »woher soll der Angeklagte wissen, was er getan hätte und was nicht?«

Elvira Trepenthin gab dem Einspruch statt und erwies sich darüber hinaus noch als überaus generös, indem sie zum Schluss die gesamte Rechnung bezahlte. Sie kamen überein, dass Anselm am Montagvormittag in ihr Büro kommen sollte, um den Vertrag zu unterschreiben und das Geld in Empfang zu nehmen.

Auf der Rückfahrt fuhr Elvira wesentlich langsamer und damit auch leiser, so dass sie sich hin und wieder unterhalten konnten. Auf dem Moppett duzte sie ihn wieder. Sie fragte ihn, wo sie ihn absetzen sollte, und als er das *Kap* nannte, schrie sie entsetzt auf. »In diesem Bums verkehrst du?«

Es bedurfte nur einer knappen Einladung, um sie umzustimmen, zumal seine Ex-Kundenbetreuerin plötzlich über einen »Wahnsinnsbierdurst« klagte.

Als sie das *Kap* betraten, war es dort still wie in einem Hindukloster. Alle verfügbaren Tische und Bänke und selbst der Tresen waren von Schachbrettern belegt, an denen alle Spieler saßen, die sonst auch hier Schach spielten. Ein einziger Mann ging von Brett zu Brett und zog scheinbar ohne zu überlegen. Er hatte Anselm den Rücken zugewandt, so dass der ihn zunächst nicht erkannte, aber als er seine Hand ausstreckte, um einen Zug zu tun, sah Anselm den Siegelring mit dem blauen Stein.

»Lass uns gleich wieder gehen, ist eh alles voll«, sagte er leise.

Aber Elvira Trepenthin hatte das *Kap* schon in ihr Herz geschlossen. Sie drückte sich rechts an der Reihe der Brütenden vorbei und hüpfte auf die

Fensterbank. »Spielen die alle gegen sich selbst?« fragte sie wispernd.

»Nee«, sagte Anselm ebenso leise. »Das ist simultan. Der Typ da spielt allein gegen alle.«

Die Partien gingen schnell zu Ende, entweder dadurch, dass der Fremde irgendwann nach einem Zug »Matt!« murmelte, oder durch das dumpfe »Klack!« das der Fall eines König verursachte, und ein ebenso dumpfes »Scheiße!« das diesen Fall begleitete.

Der Fremde ging reihum und kassierte von jedem zehn Mark. Dann warf er das Bündel auf den Tresen und sagte in die Stille hinein: »Lokalrunde!« Fritz machte sich ans Werk, das Volk begann wieder Hoffnung zu schöpfen. Der Fremde kam langsam auf Anselm und Elvira Trepenthin zu.

»Die haben Sie alle allein und gleichzeitig geschrubbt?« fragte sie begeistert. Der Fremde nickte.

»Sie wollten doch erst am Montag kommen«, sagte Anselm. Erst jetzt sah er, dass der Fremde wohl schon um die Sechzig sein musste.

»Heute bin ich privat hier«, sagte er. »Ist 'n guter Schuppen, gefällt mir.«

Die Bretter wurden zusammengeklappt, die Spieler drängten zum Freibier an den Tresen. »Sollen wir uns nicht setzen?«, fragte der Fremde.

»Ich steh lieber«, sagte Anselm.

»Hören Sie«, sagte der Fremde, »Sie machen Ihren Job, ich mach meinen. Am Montag reden wir übers Geschäft, und heute feiern wir. So einfach ist das.«

Elvira Trepenthin war eindeutig fürs Sitzen und Feiern. Der Fremde stellte sich als Gustav Ladewig vor und bot an, dass man sich duzen sollte; in diesem Fall wolle er Bubi genannt werden. »Nach Bubi Scholz«, sagte er, »der hieß auch eigentlich Gustav.«

»Wer war denn Bubi Scholz?«, wollte Elvira Trepenthin wissen.

»Gustav Scholz hat seine Frau umgebracht«, sagte Anselm.

»Bubi Scholz war der beste Boxer, den Deutschland je hervorgebracht hat«, sagte Gustav »Bubi« Ladewig.

»Und ein Mörder.«

»Bubi war kein Mörder.« Ladewigs Stimme war weich und voller Mitgefühl. »Er wurde wegen fahrlässiger Körperverletzung mit Todesfolge verurteilt. Das ist ein großer Unterschied. Es war ein tragischer Unfall.«

»O mein Gott«, flüsterte Elvira Trepenthin.

»Bubi Scholz ist noch nicht mal Weltmeister geworden«, sagte Anselm.

»Richtig. '62 ist er an Harold Johnson knapp gescheitert. König ist er nicht geworden, aber er hat das Schloss gesehen.«

Was ist das für einer? dachte Anselm. Kommt hierher, zockt die Mädels im Schach ab, setzt seinen Gewinn in Freibier um und findet warme Worte für Bubi Scholz. Und am Montag kommt er wieder und verrollt mich für zweitausend Mark.

»Du kommst doch nicht von hier, Bubi«, sagte Elvira Trepenthin, die sofort sein Duzangebot angenommen hatte.

Bubi schüttelte den Kopf.

»Aus Hamburg?«

Bubi nickte.

»Und was machst du?«

Jetzt komm schon, dachte Anselm. Spuck's aus: Ich mach arme Schweine fertig, die ihre Schulden nicht bezahlen können.

»Ich habe da so eine Art Inkasso-Unternehmen«, sagte Bubi. »Aber eigentlich bin ich schon im Ruhestand.«

»Inkasso-Unternehmen? Wolltest du deshalb am Montag mit Anselm – na, sagen wir mal – reden?«

Bubi nickte bedächtig. »Montag ist Zahltag. Das war so abgemacht.«

»Und wenn er nicht kann?«

»Dann gibt's vermutlich eins auf die Mütze.«

Elvira Trepenthin sah ihn entgeistert an. »Bist du eigentlich gaga, Bubi? Du kannst doch nicht mit Brachialgewalt Schulden eintreiben. Anselm hat sowieso schon genug an den Hacken.«

Bubi faltete die Hände. »Mädel, hör mir jetzt mal ganz ruhig zu. Ich sag's nur einmal, und dann musst du's kapiert haben. Ich habe einen Kunden. Der hat mir seine Bücher gezeigt. Bei einem Jahresumsatz von gerade mal anderthalb Millionen hat er im Augenblick Außenstände von summa summarum neunzigtausend. Kriegt er die nicht innerhalb dieses Monats zusammen, kann er seinen Laden dichtmachen, was bedeutet, dass seine Angestellten auf der Straße stehen und die Zulieferer Pleite gehen. Dass die Scheißbank ihre Kohle auch nicht sieht, juckt mich dabei gar nicht.«

»Na na«, sagte Elvira Trepenthin, aber Bubi fuhr konzentriert fort: »Was sind dagegen die lumpigen viertausend, die dieser Hasardeur da sogar in zwei Tranchen zurückzahlen darf?« Er lehnte sich zurück. »Es bleibt dabei: Montag ist Zahltag. Wenn du am Montag nicht mit der Knete rüberkommst«, wandte er sich direkt an Anselm, »sind wir keine Freunde mehr.«

»Woher nehmen?« sagte Anselm. »Aber ich mach dir 'n Vorschlag: Vor drei Tagen hat mein bester Freund neun Mille von meinem Konto an den Niederrhein transferiert. Wenn du ihn kriegst, gehört die Hälfte dir und den Rest kannst du deinem Kunden geben. Ist doch dein Job.«

»Ich hab doch gesagt, ich bin schon im Ruhestand. Deine Sache ist nur noch so 'ne Art Überhang. Ich kann dir aber 'ne Adresse geben.«

»Ich hab die Lösung«, sagte Elvira. »Ist vielleicht ungewöhnlich, aber machbar.« Und dann erzählte sie Bubi die Geschichte mit Brüssel und den 99.666,66 Mark. »Vorschuss gibt es noch in diesem Monat«, sagte sie abschließend, »es kommt also nur noch darauf an, bis Montag die zweitausend für die erste Rate zusammenzukriegen.«

»Da waren wir eben auch schon«, sagte Bubi. »Wo ist denn da die Lösung?«

»Anselm beleiht einfach sein Honorar. Mit Zins und Zinseszins.«

»Und wer ist sein Darlehensgeber?«

»Du. Bis Montag bist du doch noch sein Freund.«

Bubi starrte vor sich hin, als habe er nicht zugehört. Schließlich krächzte er: »Mädel, weißt du, wen du vor dir hast?«

»Den allergemeinsten Killer im Ruhestand. Wo ist das Problem? Dein Kunde kriegt sein Geld, du brauchst keine Gewalt anzuwenden, und Anselm kann in Brüssel in Ruhe an dem Drehbuch arbeiten. Die beste Garantie, dass du das Geld zurück kriegst.«

»Wer hat denn von Gewalt gesprochen?«

»Na du: Eins auf die Mütze und so.«

»Eins auf die Mütze ist keine Gewalt. Eine erzieherische Maßnahme.«

»Komm, zweitausend sind doch für dich – « Sie suchte vergeblich nach dem treffenden Vergleich.

»Und du glaubst ihm die ganze Scheiße mit dem Drehbuch und so?«

»Er kann dir das Fax ja zeigen.«

Bubi lachte zweimal trocken. »Das darf nicht wahr sein«, sagte er. »Das ist so, als ob man den Papst um die Pille bittet.« Dann schossen seine Hände vor und krallten sich in Anselms Schulter. »Wenn ich bis Ultimo nicht die ganzen viertausend habe«, knurrte er, »reiß ich dir den Arsch auf, mein Freund, egal wo du bist. Und jetzt lasst uns endlich feiern.«

Der Abend wurde noch lustig. Übers Geschäft wurde nicht mehr geredet. Am Ende übernahm Bubi ihre Rechnung und ließ sich ein Taxi rufen. Als er einstieg, hörten ihn die beiden fragen, wo denn »das nächste Puff« sei, und seine Beschwerden, als ihm der Fahrer klarmachte, dass das Bordell am Ort pünktlich um fünf Uhr morgens schließt.

Sehr geehrter Herr Feyrig,

nach Auskunft der pro-Film GmbH, Köln, sind Sie dort als Autor für Herrn Dirk Bach unbekannt.

Wir stellen damit fest, dass Sie die Kreditausweitung durch die Angabe von falschen Honorarerwartungen erschlichen haben.

Wir sind leider gehalten, Ihnen gemäß Nr. 26 Abs. 2 unserer allgemeinen Geschäftsbedingungen Ihr o. a. Konto fristlos zu kündigen und fordern Sie auf, innerhalb von vierzehn Tagen nach Erhalt dieses Schreibens den Schuldstand Ihres Kontos von DM 39.125,53 auszugleichen.

In dem genannten Kontostand sind die Zinsen bis zum heutigen Tag enthalten. Die danach auflaufenden Zinsen werden Ihnen nach Eingang des genannten Betrags gesondert aufgegeben.

Wir weisen ausdrücklich darauf hin, dass wir bei ergebnislosem Fristablauf ohne jede weitere Mahnung das gerichtliche Mahnverfahren in die Wege leiten werden. Die dadurch entstehenden Kosten hätten ausschließlich Sie zu tragen.

In Ihrem Interesse bitten wir darum um genaue Fristeinhaltung.

Hochachtungsvoll.

Es wurde ernst. Er musste so schnell und gründlich weg, wie irgend möglich. Den Tausender abholen, auf die Autobahn. Nach Brüssel!

Schon beim Anblick der »Spar- und Leihkasse« wurde ihm schlecht. Er schaffte es, in Elvira Trepenthins Büro zu gelangen, ohne seinem Kundenberater zu begegnen. Sie schob ihm den Vertrag hin und gab ihm, nachdem er unterschrieben hatte, einen Umschlag. »Ich wünsch Ihnen viel Glück«, sagte sie und gab ihm die Hand. »Und schreiben Sir mir ein Kärtchen, wenn Sie angekommen sind.«

»Versprochen!« sagte Anselm. »Ich werde Ihnen das nicht vergessen, und in ein paar Wochen ist sowieso alles wieder im Lot.«

»Sonst sieht's wirklich schlecht aus für Sie.«

Er verließ das Zimmer, das Gebäude, die Stadt. Er

fuhr bei strahlendem Sonnenschein einhunderttausend Mark entgegen. Wenn alles gut ging, war er am frühen Abend in Brüssel. Eine seltsame Fröhlichkeit überkam ihn, er stellte das Autoradio an und grölte den ersten Song, den er kannte, lauthals mit. Er nahm es als ein günstiges Omen, dass er zum ersten Mal und ohne Absicht die Radarfalle am Ortsausgang von Elmshorn in der erlaubten Geschwindigkeit passierte, und selbst der Stau im Elbtunnel konnte sein Hochgefühl nicht dämpfen. Als sich die Schlange wieder in Bewegung setzte und Anselm ins gleißende Sonnenlicht hineinfuhr, sagte er laut: »Anselmbaby, krieg endlich den Arsch hoch! Du hast lange genug gepennt.«

Zwischen Sittensen und Bockel erhielt er einen Anruf von der Werbeagentur, »Claassen & Friends, Dieter Zuckel am Apparat«. Schneller als erwartet hatten sie einen Kunden an der Angel, schon übermorgen sollte das Briefing sein, er möge bitte pünktlich um neun in der Ruhrstraße antreten, der Deal hätte ein großartiges Volumen, das sei doch ein Traumstart für ihn.

»Tut mir Leid«, sagte Anselm, »gerade eben hat Jean-Remy angerufen, da kann ich schlecht absagen.«

»Welcher Remy?«

»Jean-Remy von Matt, Jung und von Matt, werden Sie doch kennen.«

Sein Gegenüber musste sich ein paar Sekunden von diesem Schlag erholen. »Sie texten für Jung und von Matt?« fragte er schließlich.

»Ei gewiss«, krähte Anselm, »und für Ogilvy & Mather und Springer & Jacoby und demnächst für Scholz & Friends. Und wenn Sie mal einen neuen Job suchen, leg ich ein gutes Wort bei den Saatchis für Sie ein.«

Dieter Zuckels Stimme wurde leiser: »Eigentlich möchte ich lieber zu Graber & Steingass, geht das auch?«

»Klar! Graber & Steingass würde ich zwar nicht empfehlen, aber wenn Sie unbedingt wollen, sag ich da mal Bescheid.«

Dieter Zuckels Stimme wurde noch leiser: »Geht das möglichst bald? Ich denke, der Laden hier geht bald den Bach runter, den Hoyer-Auftrag kriegen wir nie. Und ich würd so gern wieder zurück nach München. Hamburg liegt mir nicht.«

»Und Sie Schlitzohr wollten mich auf die Titanic locken. Na gut, rufen Sie morgen früh bei G & S an und berufen Sie sich auf mich. Ciao, bello!«

Jetzt ritt ihn der Teufel. Er steuerte den *Rasthof Grundbergsee* an und besorgte sich von der Auskunft die Nummer der Werbeagentur.

»Hier Blacksmith, Headhunters International, geben Sie mir Herrn Graber oder Herrn Steingass.«

»Frau Steingass.«

»Natürlich, Frau Steingass, wen sonst?«

»Einen Augenblick, bitte.«

Anselm legte sich seinen Text zurecht. »Graber«, sagte eine männliche Stimme.

»Blacksmith, Headhunters International, geben Sie mir Frau Steingass.«

»Frau Steingass ist in einem Meeting. Um was geht es?«

»Okay, dann kann ich's auch Ihnen sagen. Ich mach es kurz, weil ich gerade lande. Also: Morgen früh wird sich ein gewisser Dieter Zuckel bei Ihnen melden, guter Mann das, ausgezeichnete Performance. Hab ihm geraten, bei Ihnen einzusteigen. Diese Empfehlung ist gratis und franko, ich rate Ihnen aber, auf mich zu hören. Dieter Zuckel, merken Sie sich den Namen! Roger, Ende, ich muss jetzt runter!«

Er schlug sein Handy ein paar Mal gegen das gepolsterte Cockpit und drückte die Trenntaste.

Anselm Feyrig liebte die Autobahn so sehr, dass er nie schneller als hundert fuhr, um sie möglichst lang genießen zu können. Deshalb wurde ihm, als er den Teutoburger Wald überquerte, langsam klar, dass er es an diesem Tag bis nach Brüssel nicht schaffen würde, es sei denn, er wollte dort gegen Mitternacht eintreffen. Außerdem hatte er noch eintausendeinhundertfünf Mark in der Tasche und konnte sich eine Übernachtung leisten.

Er nahm die Abfahrt Münster-Nord, Richtung Zentrum. An der ersten größeren Kreuzung sah er das *Münzeck*, und da ihm auch das als eine geheime Botschaft erschien, kehrte er dort ein.

So hatte er es sich vorgestellt: Im *Münzeck* war es kühl und dunkel, so gut wie leer, keine Musik; er würde etwas essen, danach vielleicht ein, zwei Whiskys, ein paar Biere dazu, dann ein Hotel in der Nähe suchen und früh ins Bett.

Sofort fiel ihm ein Gast auf, der zwei Tische weiter allein an seinem Tisch saß, umgeben von einigen Büchern, Zeitschriften und Zetteln und der Vertrauen einflößenden Kombination Pils + Paddy. Eine Gestalt wie nicht von dieser Welt: sicher an die zwei Meter groß, von erschreckender Hagerkeit und mit einem eisgrauen Schnurrbart versehen. Er drehte sich, ohne seinen Blick von einem Buch abzuwenden, eine Zigarette und steckte sie dann in eine Bruyère-Spitze. Ob Anselm es wollte oder nicht, er starrte diese wundersame Erscheinung an, bis ihn der Wirt unterbrach und barsch nach seinen Wünschen fragte.

Ein Pils, einen Paddy, und ob er etwas essen könne.

»Heute gibt's nur Waller in einem Riesling-Wurzel-Sud«, knurrte der Wirt, der wie eine aufgeblähte Version des unheimlichen Gasts wirkte. Anselm zuckte bei der Nennung des Gerichts zusammen. »Pferdefleisch mag ich nicht«, sagte er leise.

»Ein Waller, silurus glanis, vulgo Wels, ist ein Speisefisch.«

»O ja, dann gerne!« Anselm mochte auch keinen Fisch.

Der Wirt walzte zu einer offenen Tür hinter dem Tresen und rief »Stammessen!« hinein; dann machte er sich an die Bereitung der Getränke. Erst jetzt fiel Anselm auf, dass er nur einen Arm hatte.

Wieder starrte Anselm zu dem hageren Gast hinüber, der in seinem Buch las und dazu ausladende Armbewegungen machte, als dirigiere er ein Kammerorchester. Unvermittelt unterbrach er seine Lektüre und richtete sich in voller Größe auf.

Ob es die Herren stören würde, wenn er einen Soundcheck machte.

»Wenn der Schlagzeuger nicht zu laut ist, meinetwegen«, bellte der Wirt. Anselm hob die Hand zum Zeichen seines Einverständnisses. Der Hagere sah ihn mit stechendem Blick an und sprach: »Müde sich am Morgen heben meine Lider, senken ob der Sorgen dieses Tags sich wieder. Wie war das?« fragte er.

»Klasse«, sagte Anselm, »sauberer Reim. Selbst gedichtet?«

»Es geht nicht um den Reim, es geht um die Stimme, ob die Stimme da ist. Es gibt nämlich heute Abend kein Mikro.«

Es stellte sich heraus, dass der Dürre ein Dichter war und an diesem Abend eine Lesung im Kaminzimmer des Kulturrings Münster e. V. hatte, »am Montagabend, wo eh kein Schwein kommt«. Er wärmte sich im *Münzeck* auf, was bedeutete, dass er sein Quantum an Pilspaddy einfüllte, bis er die nötige Fuckyou-Distanz hatte, wie er die Betäubung seines Lampenfiebers nannte.

Anselm und der Dichter aßen gemeinsam das Stammessen, Anselm den Riesling-Wurzel-Sud, der Dichter den Waller. Allerdings verbat er sich, dass Anselm seiner Lesung beiwohnte, versprach ihm aber, nachher ins *Münzeck* zurückzukommen und »den Triumph zu feiern«, wie er fröhlich grinsend hinzufügte. Möglicherweise würde er zwei Damen weiblichen Geschlechts mit sich führen, was den Abend aber nur gelungen abrunden könnte, eine Aussicht, die Anselm in dem Entschluss stärkte, dem *Münzeck* so lang die Treue zu halten, bis der Dichter wieder auftauchte.

Sein Durchhaltewillen wurde auf keine lange Probe gestellt. Nach einer knappen halben Stunde, kein weiterer Gast hatte in der Zwischenzeit das *Münzeck* aufgesucht, betrat der Dichter, wie es Anselm schien, noch eine Spur dünner geworden, ohne Begleitung das Lokal, wuchtete seine Aktentasche mit den Gesammelten Werken auf den Tresen und orderte eine Lokalrunde.

Das Rätsel seiner raschen Rückkunft war rasch aufgeklärt. Die neue Sekretärin des »Kulturrings Münster e. V.« hatte sich in ihrer Einladung schlicht im Datum geirrt, die Lesung war morgen. »Nur les ich morgen in Aachen«, sagte der Dichter.

Dieser Satz löste in Anselms Camouflagezentrum eine Idee aus, die er erst im Stadium alkoholunterstützter Verwegenheit zu äußern wagte. Er leitete sie mit der vorsichtigen Frage ein, ob der Dichter denn in Aachen persönlich bekannt sei.

Für einen Augenblick schien es, als wolle der Dichter ausspeien. »Woher denn? Ich war noch nie im TV, und auf dem Schutzumschlag ist auch kein Bild von mir.«

Was denn dagegen spräche, wenn er, Anselm, am kommenden Abend an des Dichters Statt in Aachen läse? Er käme auf seinem Weg nach Brüssel sowieso daran vorbei, und das Honorar würde er ihm später schicken, nach Abzug der Deklamationskosten. Er würde auch mit Betonung lesen und ihn würdig darstellen.

»Darstellen? Das heißt, du willst als ich – ?«

»Wenn dich da eh keiner kennt, ich meine, physiognomisch. Du könntest einfach hier bleiben und morgen Abend hier lesen.«

Je weiter der Abend voranschritt, desto einleuchtender wurde der Gedanke, und als Anselm den Dichter in sein Hotel begleitete, war er bereits zu einem viel versprechenden Projekt weitergesponnen, das die beiden die »institutionalisierte Doppellesung« tauften. Fortan wollte der Dichter an jedem Abend zwei Termine annehmen, weil er ja sein Double hatte.

Am nächsten Tag verhedderte sich Anselm im Autobahngestrüpp des Ruhrpotts. Nacheinander probierte er alle Nummern hinter dem A – 43, 52, 40, 44, 524, 57, 1, bis er schließlich doch die 4 erwischte, die ihn in Richtung Aachen lotste. Auf der Höhe von Düren meldete sich völlig aufgelöst der Werbemann Zuckel, der von der Münchener Agentur eingestellt worden war, ohne dass er sich hätte vorstellen müssen. Graber habe gesagt, die Flugzeugnummer sei das abgefuckteste Stück Selbstdarstellung gewesen, das er in der Branche je erlebt habe, und genau solche Leute brauchten sie, da sei er sich mit Frau Steingass einig. Er, sagte Zuckel, wisse zwar nicht, was da gelaufen sei und wolle es auch gar nicht wissen, aber Anselm solle ihm sagen, welche Vorstellungen er hinsichtlich der Provision hätte.

Das erledige seine Assistentin, sagte Anselm, sie würde ihn in den nächsten Tagen kontakten.

Die Lesung in Aachen wurde ein voller Erfolg. Die zwölf Besucher waren begeistert, den Dichter zu schauen und ihm zu lauschen, Anselm war in großer Form und wuchs über sich hinaus. Er hatte sich morgens im Hotel gut vorbereitet und festgestellt, dass er einen durchaus Würdigen vertrat; insbesondere hatte es ihm ein Gedicht angetan, das *Probleme beim Reimen und ihre Überwindung* hieß und mit den wunderbaren Versen begann: »Des Morgens, wenn ich früh aufsteh, / dann tut mir meine Birne weh.« So etwas kannte er, damit konnte er sich identifizieren.

Nach dem Vortrag trat eine bildhübsche Mittzwanzigerin an Anselm heran und fragte ihn, ob sie ihn noch auf einen Drink in die *Laurensberger Stuben* gleich nebenan einladen dürfe. Dort stellte sie sich als Studentin der Literatursoziologie an der RWTH Aachen vor, die an einer Magisterarbeit über die »Ökonomische Situation kontemporärer Poetae minores« säße, und die ihm einige Fragen stellen wolle. Und dann holte sie einen achtseitigen Fragebogen aus ihrem Louis-Vuitton-Täschchen und orderte ein Mineralwasser.

Anselm log ihr den Fragebogen voll. Nach seinen Antworten hatte der Dichter eine Stadtwohnung in Blankenese, ein Landhaus am Bramsee, »direkt neben den Schmidts«, und ein Apartment an der Fifth Avenue, das er sich mit Wolf Wondratschek und Ulla Hahn teile; er habe bisher drei Beststeller geschrieben – »Der Hexer«, »Der Frosch mit der Maske« und »Die Katze von Kensington« – und arbeite nebenbei als Ghostwriter für Franz.

»Nachname?«

»Justus.«

Franz Justus, notierte sie.

Als alle Fragen zu ihrer augenscheinlichen Zufriedenheit beantwortet waren, stopfte sie den Fragebogen zurück in ihr Täschchen und fragte ihn, ob er denn vom Schreiben leben könne. Diese vollständige Harmonie von erkenntnisleitendem Interesse und Schamlosigkeit rührte Anselms Herz nun endgültig und er fragte sie geradewegs, ob sie ihm für einen One-Night-Stand zur Verfügung stünde, er würde sie zur Belohnung später auch lobend in seinen Memoiren erwähnen.

Aus dem Deal wurde nichts. Außer der Versicherung, alle seine Angaben würden vertraulich behandelt und dienten nur statistischen Zwecken, war ihr nichts zu entlocken. Nach ihrem Abgang musste Anselm noch einige Links-Rechts-Kombinationen nehmen, dann suchte er sich ein Hotel und dachte vor dem Knockout: Einen Dichter wohlhabend und einen Werbefuzzi glücklich gemacht, dazu einer begabten Studentin den Weg zum Magister geebnet und hunderttausend Peitschen in Aussicht – Herz, was willst du mehr?

Horror, dein Name sei Brüssel! Anselm hatte nicht gedacht, dass nördlich der Alpen das Chaos herrschen konnte. Nicht das einfache, beherrschbare, fruchtbringende Chaos, sondern das multiple, ubiquitäre, totale. Als ob dem Schöpfer in den Sinn gekommen war zu demonstrieren, wohin Plan-, Ziel-, Maß- und Zügellosigkeit seiner Kreaturen führen, wenn man sie nur machen lässt. Anselm wurde bei seiner Einfahrt unter die Erdoberfläche gezwungen, in ein undurchschaubares System von Tunneln, das in ihm auf der Stelle labyrinthische Urängste weckte – welche andere Stadt auf Erden lässt einen solchen ersten Eindruck zu, der nichts anderes signalisiert als: Hau ab, wir wollen dich hier nicht!

Schließlich wählte er eine streng verbotene Ausfahrt, die ihn prompt zurück ans Tageslicht spuckte. Erste Lektion, dachte er, tu in Brüssel das Gegenteil und du wirst reüssieren.

Er fuhr so lange planlos durch die Straßen, bis er einen Parkplatz fand. Er kannte nur die Adresse von Eva und Robert, 18, Rue de l'Amazone in Ixelles. Er hatte sie in den letzten Tagen immer wieder angerufen, um sie über seine Verspätung zu informieren, hatte seine Nachrichten aber nur auf Band oder die Mailbox sprechen können. Zu seiner Überraschung stellte er auf dem Stadtplan fest, dass er sich ganz in der Nähe ihres Hauses befand. So konnte er den Wagen stehen lassen und auf dem Weg dorthin ein Restaurant aufsuchen. Es war kurz vor sechs. In ein paar Minuten wäre er im *Kap*.

Die Nummer 18 war ein schmales, dreistöckiges und trotz einiger scharmanter Jugendstilelemente düsteres Gebäude, eingeklemmt in eine Reihe ähnlicher und nicht minder düsterer Häuser. Als Anselm die fünf Stufen zur Haustür emporstieg, hatte er ein ungutes Gefühl im Magen, das er den *pieds de porc* zuschrieb, die er im *Châtelain* gegessen hatte. Er drückte auf den Klingelknopf, ohne dass sich etwas tat.

Er drückte ein zweites Mal und ließ seinen Finger auf dem Knopf. Als sich wieder nichts tat, klopfte er laut gegen die Tür, vergeblich, die Beiden waren nicht zu Hause.

Auf dem Rückweg ins *Châtelain* wählte er ihre Nummer. Die Bandansage beunruhigte ihn ein wenig. Die gewählte Nummer ist nicht vergeben. Die auf dem Display war aber ihre Nummer, er hatte sich nicht verwählt.

Zwei Magenbitter und ein Stella Artois dämpften sein Unwohlsein ein wenig. Das Feuer unter dem mächtigen Grill, die Ehrfurcht einflößende Gestalt des weiblichen Hephaistos, die in den dichten Schwaden Fleischbrocken und Wurstschnecken hin und her schob und wendete, und das Gemurmel und Gelächter der Gäste machten ihn müde. In regelmäßigen Abständen würde er in die Amazone gehen, irgendwann würden die Zwei auftauchen, und dann würden sie den Kontrakt feiern, den Rausch ausschlafen und am nächsten Morgen …

»Monsieur, s'éveillez-vous, on ferme tout à l'heure!« Jemand mit weiblicher Stimme rüttelte Anselm an der Schulter. Er schlug die Augen auf, hob den Kopf und sah hinter einem Schleier eine kleine, rothaarige Frau mit braunen Augen.

»Pardon, Madame, *je suis endormi un peu.*«

»Sie sind deutsch?«

»*Oui*, Madame, bin ich. Wie spät ist es?«

»Halb drei. Hat man Sie versetzt?«

»Kann man so sagen. *L'addition, s'il vous plaît.*«

»Liegt schon vor Ihnen.«

Um halb drei konnte er die beiden unmöglich rausklingeln. »Wo ist hier das nächste Hotel, nicht allzu teuer«, fragte Anselm.

»Gleich hier links um die Ecke, Rue Simonis, *il s'appelle L' Europe.*«

Anselm taumelte durch das leere und nach kaltem Rauch stinkende Restaurant ins Freie. »Bonne nuit, Monsieur!« rief ihm die Kellnerin freundlich nach. Auf der Place du châtelain war kein Lokal mehr geöffnet. Er hatte einen grässlichen Durst.

Anselm wachte für seine Verhältnisse sehr früh auf. Der Inhalt der Minibar war nicht imstande gewesen, ihm seine gewohnte Einschlafhilfe zu gewähren, und so war er ungewöhnlich frisch, als er aus der Nasszelle kam. Als er sein Frühstück beendet hatte, war es gegen halb zehn. Er beglich die Rechnung und machte sich auf den Weg, auch auf die Gefahr hin, die beiden wecken zu müssen.

Das Resultat seines Läutens und Klopfens war dasselbe wie am Vorabend. Jetzt erst bemerkte er, dass alle Läden an der Vorderfront heruntergelassen waren. Er riss eine Seite aus seinem Taschenkalender, kritzelte eine kurze Notiz darauf und warf ihn in den Briefschlitz. Sie sollten ihn anrufen, wenn sie wieder zu Hause waren.

Eigentlich wollte er hinaus aufs Land fahren, aber es gab kein Land, oder er fand es einfach nicht. Schließlich folgte er den Schildern, die ihn zum Schlachtfeld von Waterloo führten, und stapfte zusammen mit Dutzenden von Touristen den Löwenhügel hinauf zur Aussichtsplattform. Was um Himmels willen wollte er hier eigentlich?

Ein älterer japanisch aussehender Mann tippte ihm mit einem kleinen Stöckchen an die Schulter und fragte ihn: »Could you please tell me what you see? I am blind.«

»I'm sorry«, sagte Anselm, »I'm blind myself.« Dann stieg er die Stufen wieder hinunter zum Parkplatz. Auf der Rückfahrt verfuhr er sich so gründlich, dass er erst gegen neun Uhr wieder auf der Place du châtelain stand. Seine Befürchtungen bestätigten sich: Die beiden waren noch immer nicht zu Hause.

Er wartete im *Châtelain* bis nach Mitternacht. Dann ging er erneut in die Amazone. Rechts neben der Nummer 18 öffnete sich ein schmaler Gang zur Tür des Nachbarhauses. Es war so, wie er es sich gedacht hatte. Wenn man die Mauer überwinden konnte, die das Haus der Beiden gegen die Gasse abschirmte, stünde man in ihrem Gärtchen.

Anselm war nicht sportlich, jedenfalls nicht mehr,

aber er schaffte es. Als er schnaufend auf der anderen Seite ins Gebüsch fiel, setzte im Nachbarhaus das schrille Kläffen eines Hundes ein. Er tastete sich mühsam voran und kam schließlich auf eine Terrasse, von der aus eine Treppe in den Keller führte. Die Töle auf der anderen Seite der Mauer wollte nicht aufhören zu kreischen, aber Anselm war das durchaus Recht. Er nahm einen Blumentopf, ging die Stufen hinunter und schlug mit einem entschlossenen Hieb eine Scheibe der Kellertür ein. Er langte hindurch und fand bestätigt, was er vermutet hatte. Der Schlüssel steckte.

Es dauerte eine Zeit lang, bis er den Weg in die Oberwelt gefunden hatte. Er tauchte im Flur auf, der von den Laternen der Amazone schwach erhellt wurde. Was er sah, traf ihn nicht einmal unvorbereitet, aber dass seine Ahnungen sich tatsächlich bestätigten, verursachte ihm auf der Stelle eine seiner vertrauten Übelkeiten.

Das Haus stand leer. Leer bis auf Evas Bechstein-Flügel, der einsam in einem Zimmer im ersten Stock vor sich hin schwieg.

Sie hatten sich abgesetzt. Sie waren zusammen mit seinen fabelhaften *Wittichs* geflohen, und er blieb auf seinen verfluchten Schulden sitzen. Anselm klappte den Deckel über der Tastatur auf und schlug einige Töne an. Er brauchte kein absolutes Gehör, um festzustellen, dass der Flügel arg verstimmt war.

Der Laden in der Avenue Louise war ein Palast. Der erste Verkäufer, der sich Anselm in den Weg stellte, warf in lisztscher Manier sein schwarzes Haupthaar nach hinten und fragte überraschenderweise auf Deutsch, womit er dienen könne.

»Ich möchte meinen Flügel verkaufen«, sagte Anselm.

»Verkaufen? Im Allgemeinen kaufen wir nicht. Wir verkaufen selbst.«

»Es ist ein historisches Instrument. Vielleicht haben Sie doch Interesse?«

»Wie historisch ist denn Ihr Flügel?« Der Verkäufer lächelte, wie Verkäufer lächeln, wenn sie nicht lächeln.

»Um 1915, Schellack, handpoliert, Elfenbeintastatur – und absolut konzerttauglich.«

Schon bei der Jahreszahl war der Verkäufer zusammengezuckt. »Einen Moment bitte«, sagte er, »ich hole den *patron*.«

Wenn schon der Verkäufer in der *Maison Klemppel* wie Franz Liszt aussah, dann war der *patron* Johannes Brahms persönlich. Er schritt auf Anselm zu, gab ihm die Hand und sagte in einem unerhörten Basston: »Sie offerieren, wie ich eben hörte, einen Bechstein von 1915?«

»Umzugshalber«, nickte Anselm, »ich werde an die Gesandtschaft nach Indonesien versetzt und fürchte, das subtropische Klima könnte dem Instrument Schaden zufügen. Und zudem macht mir das Spielen immer weniger Freude.«

»Und wie sind Ihre preislichen Vorstellungen?«

»Keine Ahnung«, sagte Anselm, »ich hab seinerzeit 34000 Mark dafür gezahlt.«

Der *patron* musterte ihn mit Brahmsblick: »Und wo haben Sie ihn gekauft, wenn ich fragen darf?«

»Das möchte ich lieber nicht sagen.« Auf diese Frage war Anselm nicht gefasst gewesen.

»Aber dann haben Sie gewiss ein Zertifikat und

einen Provenienznachweis. Sie werden Verständnis dafür haben, dass die Besitzverhältnisse klar sein müssen.«

»Ich bitte Sie!«, sagte Anselm, zu seiner eigenen Überraschung ehrlich verärgert. »Das Instrument steht in meinem Haus in der Rue de l'Amazone! Wie sollte es da hineingekommen sein, wenn ich nicht der Besitzer wäre?«

Johannes Brahms dachte nach und brummte schließlich: »Ohne gültige Papiere kann ich das Stück unmöglich kaufen. Aber ich kann es mir ja mal ansehen. Vielleicht nächste Woche?«

»Nächste Woche bin ich schon in Jakarta. Es müsste schon schneller gehen.«

»Sie haben lange gezögert, Monsieur.«

»Ich hänge so an diesem Stück. Viele schöne Erinnerungen, vous savez!«

»*Eh bien*, übermorgen früh, Rue de l'Amazone –«

»Dix-huit«, sagte Anselm.

»Und der werte Name?«

»Von Schmeidel«, sagte Anselm, »Anselm von Schmeidel.«

»Ich muss Sie aber darauf aufmerksam machen, dass der Wert des Instruments ohne Papiere drastisch sinkt und Sie auch die Kosten für die Spedition und das Stimmen übernehmen müssen.«

»Das ist leider der Preis für meine Saumseligkeit«, sagte Anselm und verbeugte sich leicht.

Er hatte sich keine zwanzig Meter von der Maison Klemppel entfernt, als er jemanden in seinem Rücken seinen neuen Namen rufen hörte. *»Monsieur von Schmei-*

del, attendez, s'il vous plaît!« Er drehte sich um und fragte sich, woher Mario Adorf ihn kenne. Als der Fremde näher kam, verlor sich die Ähnlichkeit mit jedem Schritt, und als er schließlich vor ihm stand, schwitzend und schwer atmend, blieb nichts als eine elegante Gaunervisage.

»Ich bin nicht mehr der Jüngste«, schnaufte der Fremde mit leicht französischem Akzent, »und diese Hitze bekommt mir immer weniger!«

»Kennen wir uns?« fragte Anselm.

»Vermutlich nicht«, sagte der Fremde, der langsam wieder zu Atem kam. »Ich habe nur eben Ihr Gespräch bei Klemppel mitgehört, ungewollt, versteht sich.«

»Ungewollt, selbstverständlich.«

»Ich bin sonst überaus diskret, versichere ich Ihnen, aber in diesem Fall hat mich Ihr Angebot interessiert.«

»Sie suchen einen Flügel?«

»Eigentlich war ich auf der Suche nach einem Klavier, aber wenn man günstig einen Flügel bekommen kann –« Er ließ die Fortsetzung offen.

»Sie haben dann aber auch mitgekriegt, dass auch Monsieur Klemppel Interesse gezeigt hat.«

»Warum, Monsieur von Schmeidel, besprechen wir die Angelegenheit nicht bei einem kühlen Getränk, sagen wir, hier gleich um die Ecke bei Francine?«

Der Fremde stellte sich, als das Bier kam, als Edouard Waneghem, *entrepreneur*, vor. Das Klavier, jetzt der Flügel, sei für eine junge und begabte Bekannte gedacht, die er zu fördern gedenke; er werde ihm, da sei er sich sicher, ein besseres und vor allen Dingen schnelleres und diskreteres Geschäft vorschlagen.

Was er mit »schneller« und »diskreter« meine, wollte Anselm wissen.

Edouard Waneghem ließ eine halbe Reihe Goldzähne blitzen. »Warum sollen wir – Verstecken spielen – sagt man so in Deutschland? Sie heißen sicher nicht von Schmeidel, möglicherweise aber ist Ihr Vorname richtig. Ihnen gehört der Flügel nicht, und Sie brauchen das Geld möglichst gleich, um sich – aus dem Staub machen zu können – richtig?«

»Die Redewendung ja.«

»Ich sage Ihnen noch etwas, Monsieur, was meine Chancen erheblich vergrößern wird. Monsieur Klemppel sitzt jetzt gerade in seinem *comptoir* und – ringt mit sich? –« Anselm nickte » – ringt mit sich, ob er gleich die Polizei holen soll oder erst, wenn er sich das Stück angesehen hat. Werden Sie gesucht?«

»Ich? Nein, wieso?«

»Dann haben Sie wohl nur Geldprobleme. Und die könnte ich beheben. Verkaufen Sie mir das Flügel, und Sie können – verdüften, okay?«

»Und wie stellen Sie sich das praktisch vor?«

»Ganz einfach: Wir trinken jetzt noch ein Bier miteinander, dann sehe ich mir das Exemplar an, wir reden über den Preis, Sie bekommen das Geld, und morgen früh kommt die Spedition und holt es ab. C'est tout.«

Das klang vernünftig. Monsieur Waneghem seufzte angesichts des Instruments ein paar Mal *»magnifique!«* und bot dann *»deuxcentmille«*.

»Zweihunderttausend?«

»Belgische Francs.«

»Und wie viel ist das umgerechnet? In DM?«

»Ich denke, so um die zehntausend.«

»ZEHNTAUSEND? Für einen Bechstein von 1915?«

Monsieur Waneghem hauchte auf die handpolierte Schellllackoberfläche und wischte mit seinem Ärmel darüber hinweg. »Sie sollten sich nicht echauffieren«, sagte er ruhig. »Nehmen Sie die zweihunderttausend und verschwinden Sie aus der Stadt.« Er griff in seine Jacke, holte eine Brieftasche hervor und begann in aller Ruhe mit dem Abzählen der Geldscheine. Als er die 20 Lappen zusammen hatte, legte er sie fächerförmig auf den Deckel. *»En servez-vous«*, sagte er. »Die Spedition kommt morgen im Laufe des Vormittags. Sorgen Sie dafür, dass Sie da sind.«

»Und wenn nicht?« Anselm klappte den Fächer zusammen und stopfte das Bündel in seine Brusttasche.

Einen solch kalten Blick, wie Monsieur Waneghem ihn beherrschte, wäre Mario Adorf nicht einmal in Hochform gelungen. »Ich sagte Ihnen vorhin, dass ich *entrepreneur* bin, *n'est-ce pas*?«

Anselm nickte. Der Blick tat seine Wirkung.

»Ich sagte Ihnen aber nicht, was für eine Devise – sagt man so?«

»Sorte.«

»Natürlich. Sorte. Ich bin ein Sucher und Finder. Und bisher habe ich noch alles gefunden, was ich gesucht habe.«

Anselm glaubte ihm aufs Wort. Zum Abschied wünschte ihm Monsieur Waneghem Glück, und dass er nie gezwungen wäre, ihn zu suchen.

Nach Abzug der Wechselgebühren und anderer ihm unerklärlicher Abschläge hatte Anselm genau 8.646,75 Mark ausgezahlt bekommen. Das war verdammt wenig für einen exquisiten Flügel, aber viel, wenn er einem nicht gehörte. Die beiden hatten ihn ausgebootet, so viel stand fest. Sie hatten ihn verladen, betrogen, beschissen. Sie hatten ihn mit der Aussicht auf hunderttausend Mark in dieses verfluchte, dreckstarrende Brüssel gelockt und sich klammheimlich aus dem Staub gemacht. Irgendwann musste ihnen dann klar geworden sein, dass sie im Begriff waren, hunderttausend Mark zu verschenken, und hatten dann nicht mehr eingesehen, warum sie das tun sollten.

In der Nacht schlief Anselm in dem Haus. Er hatte sich eine Flasche Paddy besorgt und einige Dosen *Mort subite*; aus dem Wagen holte er sich eine Decke und das Verbandskissen als Unterlage für den Kopf. Er erinnerte sich daran, wie gut es ihm am Morgen nach der Nacht gegangen war, in der ihm die Minibar den Rausch verweigert hatte, und trank sich nur einen mittelschweren Lollimann an, wie ein bedeutender Romancier und exzellenter Kenner der Materie den Zustand genannt hatte, in dem man »durchaus betrunken« ist, ohne aber den »Filmriss *in concreto*« in Kauf nehmen zu müssen.

Anselm erwachte durch ein Geräusch, das er zunächst nicht identifizieren konnte, dann aber war klar, dass jemand brutal mit dem Schlüssel im Haustürschloss herumfuhrwerkte. Nagelschuhe knallten durch den Flur, kamen auf der Treppe näher und näher, und dann sprang die Tür auf.

Drei Männer im Overall brachen herein. Der größte

von ihnen schien offensichtlich überrascht, einen Bewohner vorzufinden, sagte aber souverän, Anselm solle sich nicht stören lassen. »Wir solln hier nur den Flügel abholn, sind gleich wieder weg.«

Das gestaltete sich dann aber schwieriger, weil die Treppe schmaler war als zunächst eingeschätzt. Fachmännisch stutzten sie dem Flügel Beine und Pedale, stellten ihn hochkant und legten die Gurte an. »Na dann nochn schön Tach«, sagte der Anführer, und auf sein Kommando hoben er und einer seiner Partner den schwarz glänzenden Riesenkorpus an und trugen ihn scheinbar mühelos die Stufen hinunter.

Anselm folgte ihnen. Als sie den Flügel zur Hälfte hineingehievt hatten, bog ein weiterer Möbelwagen von der Place du châtelain in die Amazone ein und hielt unmittelbar hinter ihnen. Heraus sprangen drei agile Männer in bunten Hemden, von denen einer ein großes Stück Papier in der Hand schwenkte und fröhlich auf Anselm zukam.

»Monsieur von Schmeidel?«

»Oui.«

»On vient d'aller chercher le piano à queue. Voilà l'ordre de transport.« Er drückte Anselm den Wisch in die Hand und fragte: *»Où est le monstre?«*

»Là dedans«, sagte Anselm hilflos und deutete auf Möbelwagen I. *»Vous venez de Monsieur Waneghem?«*

»Je sais pas«, war die kurze Antwort. Er winkte seinen Kollegen, sich frisch ans Werk zu machen und den Flügel umzuladen. Die Drei rückten an, stießen aber auf die gegnerische Phalanx, die die Ladeluke blockierte.

»Watt isn hier los?« fragte der Anführer im Overall. »Watt wolln die Kerlchen?«

»Ich glaube, die wollen auch den Flügel abholen«, sagte Anselm.

»Kommt nich in Frage«, sagte der Anführer entschlossen. »Auftrach is Auftrach. Klappe zu!«

Er machte Anstalten, die große Tür herumzuschwenken, doch trat ihm einer der neu Hinzugekommenen verwegen entgegen. *»Ecoutez, Monsieur, mais ça c'est impossible! On a l'ordre d'emporter ce piano et c'est ce qu'on va exactement faire!«*

»Was sachter?«

»Er sagt, er wird Ihnen die Hölle heiß machen, wenn Sie den Flügel nicht rausrücken.«

»Sachter. Aha. Na, dann wolln wer ma!« Er krempelte bedächtig den einen Ärmel seines Hemds auf, dann den anderen. Seine Kollegen taten es ihm gleich.

Das Ritual schien international geläufig. Die beiden Betriebskampfgruppen standen sich nun unversöhnlich gegenüber.

Der Showdown währte nur kurze Zeit. Der Anführer von Crew I versetzte seinem mindestens einen Kopf kleineren belgischen Kollegen einen Schlag von solcher Überzeugungskraft, dass die beiden anderen auf dem Absatz kehrtmachten und in Richtung Rue Simonis davonliefen. Das Opfer taumelte ein wenig, lehnte sich dann bei Anselm an und murmelte ein Wort, das wie »fasciste« klang. Donnernd krachte die Tür ins Schloss, ein Hebel wurde umgelegt, der Anführer kam auf Anselm zu und hielt ihm ein Formular entgegen. »Unterschrift!« Anselm versuchte zu erkennen, wohin der Auftrag ging, aber kaum hatte er seinen Namen aufs Papier gekritzelt, wurde es ihm auch schon entrissen.

»Orewoa, oder wie datt heiß«, brummte der Chef und stapfte davon. Anselm rief ihm hinterher: »Wohin bringen Sie den Flügel?«

»Darf ich nich sahng, is streng geheim«, brüllte der Chef. Die drei stiegen ein und zogen krachend die Türen ins Schloss. Der Wagen sprang an und setzte sich in Bewegung, Richtung Rue du Bailli. Anselm rannte die zwanzig Meter zur Place du châtelain, wo der Citroën stand, warf sich hinein und startete. Wenn er Glück hatte, erwischte er den Wagen noch vor der Avenue Louise. Er musste ihm nur folgen. Er würde ihn zu Eva und Robert führen.

Wenn Anselm gedacht hatte, der LKW würde die Stadt nach Nordosten in Richtung Deutschland verlassen, hatte er sich um rund 60 ° getäuscht. Der Wagen führte ihn direkt nach Süden, über die Chaussee d'Alsemberg auf die E 19, Richtung Paris. Kurz hinter Cambrai wechselte er jedoch die *autoroute* und hielt Kurs auf Reims. Also nicht Paris.

Die Drei im Fahrerhaus mussten entweder Vorräte mitgenommen haben oder Asketen sein; zudem schien ihr Fahrzeug über unerschöpfliche Spritreserven zu verfügen. Anselm, der nicht einmal gefrühstückt hatte, litt bald unter entsetzlichem Hunger und Durst, Qualen, die nur durch einen stechenden Harndrang übertroffen wurden. Füllten die Drei etwa ihre Flaschen, sobald sie sie leer getrunken hatten, mit dem umgewandelten Produkt ihres Stoffwechsels?

Anselm wollte sie um keinen Preis verlieren, aber Kraftstoffanzeiger und Notdurft ließen ihm zwischen Chaumont und Langres keine Wahl. Das Tanken und sein kurzer Aufenthalt im *lavabo* verschafften ihnen sicher mehr als zehn Minuten Vorsprung, was reichen würde, die nächste Ausfahrt zu nehmen und in irgendeinem Bergdorf der Haute-Marne zu verschwinden, wo sie den Flügel bei den beiden Ratten ablieferten. Es war zum Verzweifeln.

Als er sich wieder in die *autoroute* einfädelte, drehte er auf und scherte sich nicht um französische Höchstgeschwindigkeiten. Nach einer halben Stunde hatte er beinahe die Hoffnung aufgegeben, als er doch den blauen Möbelwagen von »Paul Krosanke weltweit« entdeckte. Gleichzeitig aber überfiel ihn die Sorge, dass die Drei doch eine längere Strecke vor sich haben könnten. Was also, wenn sie bis ans Mittelmeer führen und sich am Steuer abwechselten, vielleicht gerade mal zum Tanken hielten? Er konnte ihnen doch nicht Tag und Nacht ununterbrochen hinterherfahren.

Irgendwann, es dämmerte bereits, setzte er sich ein Limit. Um neun würde er aufgeben. Sollten sie das verdammte Instrument dann hinkarren, wo sie wollten. Er würde sich ein gemütliches Hotel nehmen, hintereinander weg drei *menus* bestellen und sich abschießen. Und dann schlafen. Schlafen.

Paul Krosankes Mitarbeiter taten ihm nicht den Gefallen. Kurz vor neun und etwa zwanzig Kilometer vor Dijon verließen sie die *autoroute* und fuhren auf einen Rasthof. RE ROU E CÔ E D'OR lautete die Leuchtschrift auf dem Flachdach, die einzige äußere Lichtquelle, die diesen Ort perfekter Trostlosigkeit ein wenig der Dunkelheit entriss. Was für eine elende Firma musste Paul Krosanke aufgebaut haben, dass seine Männer in solchen Etablissements absteigen mussten!

Man sollte nie vom Äußeren aufs Innere schließen, nahm sich Anselm ein weiteres Mal vor. Innen war der Laden mit dem kryptischen Namen fast schon gemütlich zu nennen und auch genug belebt und verwinkelt, dass Anselm die Drei im Auge behalten und selbst ungesehen bleiben konnte. Das Essen war überdurchschnittlich gut, die Bedienung zum Verlieben, das Bier kühl und der Whisky reichlich bemessen und offensichtlich auch in genügender Menge vorhanden. Innerhalb von zwei Stunden hatte er sich mit allem versorgt und wollte nur noch eins.

Er winkte die Bedienung heran und bat sie um ein Einzelzimmer.

»Désolée, Monsieur, mais ceci n'est pas un hôtel, nous ne sommes qu'un restoroute.«

In diesem Augenblick standen die drei Möbelpacker auf, reckten sich und gähnten und zogen ihre Jacken über die Overalls.

Sie hatten hier nur gehalten, um zu essen und sich ein wenig zu erholen. Anselm hingegen hatte sich bereits für die Nacht präpariert und fühlte sich vollkommen außerstande zu fahren. In seiner Verzweiflung lief er quer durchs *restoroute* an ihren Tisch. »Moment, Verzeihung«, rief er, »fahren Sie in Richtung Süden?«

Der Dicke mit dem beeindruckenden Schlag drehte sich um: »Ach nee«, sagte er, »wir kenn uns doch.«

»Das spielt doch keine Rolle«, sagte Anselm. »Es ist nur so, dass mein Wagen verreckt ist – ach, scheiß drauf, ich muss nur wissen, wo Sie den Flügel hinbringen.«

»Darf ich nicht sahng.«

»Bitte«, sagte Anselm, »es geht um Lehm oder Tod.« Er war schon ziemlich weggetreten.

»Darf ich nich sahng. Sonst krich ich Ärger.«

»Ich geb Ihnen tausend Mark«, sagte Anselm, korrigierte aber in einem letzten Aufbäumen von Geistesgegenwart sofort auf »fünfhundert«.

Der Dicke betrachtete die schwankende Gestalt, ihren irren Blick, in dem Alkohol, Angst und Müdigkeit um die Vorherrschaft kämpften, und sagte: »Du bist die ganze Zeit hinter uns hergefahren?«

Anselm nickte. »Müsst ihr denn eigentlich nie pissen?«

Der Dicke grinste und sagte: »Terzorio, Viale Cuneo 1.«

»Ich werd verrückt«, sagte Anselm. Das hätte er sich denken können, wenn er hätte denken können. Er holte seine Brieftasche hervor und entnahm ihr einen halben Riesen. »Danke«, sagte er und reichte dem Dicken den Lappen.

»Lass stecken«, sagte der, »du kannst die Zeche übernehmen.«

Er hätte es sich nicht nur denken können, er hätte es wissen müssen. Eva und Robert hatten ihm schon einige Male von dem Haus in Ligurien erzählt, das ihnen ein windiger Deutschamerikaner vermietete, der mit Militaria handelte und den sie Babbo nannten.

In dieser Nacht schlief Anselm in seinem Citroën. Nach einem gemeinsamen Frühstück mit etwa fünfzig schweigenden Truckern und einem gemeinsamen Duschbad mit fünf schweigenden Truckern ging er zum Wagen und studierte die Straßenkarte.

Als er losfuhr, konnte er in der Morgendämmerung den kompletten Namen der Raststätte lesen:
RESTOROUTE CÔTE D'OR.

Auf dem Autobahnring um Lyon änderte Anselm seine Route. Der magische Name TORINO auf einer Schilderbrücke kam ihm verlockend italienisch vor, und die angezeigte Distanz von 316 Kilometern schien erträglich. Hätte er allerdings noch einen Blick auf die Karte geworfen, hätte er gemerkt, dass vor Grenoble die Alpen begannen und hinter Grenoble die Autobahn aufhörte, und seine Entscheidung wäre möglicherweise anders ausgefallen. So aber fuhr er mit Groll im Herzen und Turin vor Augen mitten hinein in die Dauphiné.

Es dauerte geraume Zeit, bis ihm auffiel, dass auf nahezu jedem Wagen, dem er begegnete oder folgte, mindestens ein Paar Ski transportiert wurde. Er konnte sich einfach nicht vorstellen, dass um diese Zeit noch irgendwo Wintersport betrieben wurde. Immerhin war es schon Anfang Juli, und in der Bourgogne hatten Temperaturen geherrscht, die den Asphalt zum Schmelzen brachten. Je weiter und höher er allerdings vorankam, desto weniger konnte er sich vor der Wahrheit verschließen: Hier wurde nicht irgendwo Ski gefahren, sondern überall. Die ganze Region schien Schnee zu produzieren, um damit Menschen anzulocken, die auch im Sommer diesen für Anselm unbegreiflichen Sport ausüben wollten. Als er in Le Bourg d'Oisans schließlich das Hinweisschild auf die Alpe d'Huez las, wusste er endgültig, dass er mitten in den Winter geraten war.

Zunächst war er nicht sonderlich beunruhigt. Er saß in einem warmen Auto, er kam gut voran, und bis zur italienischen Grenze waren es noch lächerliche 62 Kilometer. In La Grave aber wurde er von Gendarmen gestoppt, die ihm kurz und bündig erklärten, es habe in der Nacht zuvor auf dem Col de Galibiec geschneit und die Räumarbeiten seien noch nicht beendet; er könne entweder umkehren oder im Ort übernachten. Dann warfen sie einen Blick auf die Reifen des Citroën und verfügten, dass er auf der Stelle 200 Franc Strafe zu zahlen – *»ils sont dans un état pour les mettres à la poubelle, Mülleimer, vous comprenez«* – und spätestens am nächsten Morgen vier neue Reifen vorzuführen habe, sonst würde das Wrack stillgelegt. Bis zur nächsten Garage dürfe er noch fahren, dann sei Schluss.

Anselm beurteilte den Zustand seiner Reifen zwar entschieden anders, war aber gegen die Vorhaltung der Beamten, in Frankreich müsse die Profiltiefe mindestens sechs Millimeter betragen, machtlos. Sie verbaten sich jede weitere Argumentation und wiesen ihm den Weg zur Dépannage pneumatique.

Der Mechaniker bekreuzigte sich, als habe er in seinem Leben nie heruntergekommenere Pneus gesehen. Auf die Frage nach dem Preis nannte er eine Summe, von der Anselm annahm, sie gelte für alle vier Reifen. In La Grave gab es vier Hotels, von denen drei vollkommen belegt waren. Im *Grand Hôtel* gab es noch Platz für 420 Franc. Anselm ließ sich den Weg zum Tourismusbüro zeigen und fragte die reizende Managerin, ob es in La Grave auch Privatunterkünfte gebe. Naturellement, nickte sie und lächelte.

Ob Madame ihm eine Adresse geben könnte.

»Désolée«, sagte sie, aber alle Pensionen seien belegt.

Anselm checkte also im *Grand Hôtel* ein und suchte ein Restaurant auf, von dem er hoffte, dort billig und gut essen zu können. Die Hoffnung erfüllte sich nicht, was aber dadurch hinreichend kompensiert wurde, dass er auf der Karte seinen Lieblingswhisky vorfand. Mit ihm wollte er ungestört auf die Nacht warten.

Doch so einfach war das nicht. Gegen halb zehn, die meisten der übrigen Gäste hatten bereits begonnen, zu Herzen gehende Lieder zu singen, öffnete sich die Tür des Gasthauses, und herein trat eine junge Frau, die Anselm sofort zu Herzen ging, vermutlich zunächst, weil sie einen riesigen Rucksack auf dem Rücken trug und trotzdem leicht und kerzengerade direkt auf seinen Tisch zuschwebte. Anselm hätte diese Wahl gern als die bewusste Entscheidung für ihn als Konversationspartner und Vertrauensperson gedeutet, konnte aber nicht übersehen, dass sein Tisch der einzige war, an dem noch Platz war.

»Vous permettez, Monsieur?« fragte sie und ließ den Rucksack auf den Boden fallen. *»Ouais«*, sagte Anselm lässig und deutete auf den leeren Stuhl ihm gegenüber. Er war alarmiert, und das ärgerte ihn. In diesem Zustand hatte er schon immer den schlechtesten Eindruck gemacht.

Die junge Frau setzte sich und sah Anselm an. »Sie sind Deutscher, nicht wahr?«

»Ja, das glaube ich auch«, sagte Anselm und war dankbar, dass sie diese törichte Antwort für einen Witz hielt. Jedenfalls lächelte sie und griff zur Speisenkarte. »Machen Sie hier Urlaub, oder sind Sie auch festgehalten worden?« fragte sie, während sie das Angebot durchging.

»Zwangspause«, sagte Anselm, »und Boxenstopp. Bis morgen früh muss ich vier neue Reifen haben.«

Die junge Frau ließ die Speisenkarte sinken. »Die alte Masche«, sagte sie. »Ich wette, dass der Gendarm der Cousin vom Reifenhändler ist, oder vielleicht gehört ihm sogar der Laden. Es ist ein Volk von Räubern und Wegelagerern. Haben Sie hier gegessen?«

»Ich wünschte, ich hätt es nicht.«

Die junge Frau bestellte sich eine Platte mit verschiedenen Käsesorten, dazu eine Flasche Kronenbourg und – Anselm stockte der Atem – einen Paddy, *sans glace*.

Das konnte kein Zufall sein.

Zwei Stunden später hatte Rita, so nannte sich die junge Frau, Anselm so weit, dass sie morgen früh zusammen zur Präfektur gehen und Protest einlegen wollten gegen die willkürliche Reifenverfügung. Außerdem hatten sie beschlossen, dass Rita in seinem Hotelzimmer übernachten sollte. Sie war als Anhalterin auf dem Weg nach Italien nach La Grave gekommen und ausgesetzt worden, weil ihr Chauffeur in seinem Wagen übernachten wollte.

Die letzte Stunde in dem Restaurant kriegte Anselm nicht mehr mit, was einerseits an der Menge des Alkohols lag, andererseits und vorwiegend daran, dass er gleich neben der unvergleichlichen Rita liegen würde. Eine ganze Nacht lang. Seit fast zwei Jahren wieder neben einer Frau.

Rita war nicht eigentlich hübsch oder gar schön. Sie hatte überhaupt nichts besonders Besonderes. Vielleicht war es gerade das, was Anselm sowohl scharmierte als auch irritierte: Sie spielte keine Rolle. Sie war einfach. Anselm hatte geglaubt, dass es diese Sorte von Frauen gar nicht mehr gab. Mitunter hatte ihn die Angst überwältigt, es gäbe nur noch diese schwarz gewandeten blasierten Tussen, die er in den Bars und Agenturen herumlungern sah, und die in einer Sprache sprachen, die er nicht mehr verstand.

Dann zahlten sie und gingen die paar Schritte zum *Grand Hôtel.* Als sie in seinem Zimmer waren, sagte Rita, sie sollten erst gar nicht das alte »Ich-auf-der-Couch-du-im-Bett«-Spiel anfangen, dazu sei sie zu müde, das Bett sei breit genug für beide, und sie würde ihm schon nichts tun.

Sie zogen sich aus und krochen unter die Decke. Anselm war so aufgeregt, dass er gar nicht merkte, wie betrunken er war. Er hatte Rita nur ein paar Sekunden nackt gesehen, aber das hatte genügt, ihn halb wahnsinnig zu machen. Nahezu zwei Jahre lang hatte er es in den Nächten, in denen er nur halb besoffen ins Bett gesunken war, mit Masturbieren versucht, weniger weil es ihm Spaß machte und Befriedigung brachte, sondern eher mit dem Gedanken, dass das Zeug ja irgendwie herausmüsse. Nun lag er neben einer wunderbaren Frau, nur so weit von ihr getrennt, dass er die Wärme ihres Körpers spüren, ihren Atem hören konnte.

Er nahm all seinen Mut zusammen und berührte mit zitternden und feuchten Fingern ihren Rücken. »Lass das«, brummte Rita, »ich mach mir nichts aus Männern.«

Anselm brauchte ungefähr zwei Stunden, um sich davon zu überzeugen, dass er keinen Grund hatte, sauer auf sie zu sein, dass es ihr gutes Recht war, lesbisch zu sein, und dass es vielleicht so besser war. Weitere zwei Stunden später hatte er sich vom Gegenteil überzeugt. Er verfluchte alle Lesben dieser Welt und weinte ein wenig. Dann schlief er ein und wachte erst auf, als es an der Tür pochte und der Room-Service ein *petit déjeuner* annoncierte. Zwei Damen traten diskret lächelnd ein und servierten Kaffee und Baguettes mit verschiedenen Konfitüren und Honig und frischen Orangensaft und wünschten *bon appétit*.

Im strahlend weißen Mantel des *Grand Hôtel* erschien Rita in der Tür zum Bad. Sie hatte das strahlend weiße Handtuch des *Grand Hôtel* wie einen Turban über dem Kopf zusammengelegt und war offensichtlich strahlend weißer Laune.

»Du siehst aus wie Oma Sharif nach der siebten Gallenoperation«, sagte sie munter. »Brauchst du'n Aspirin?«

»Haben Sie auch was von Ratiopharm?« fragte Anselm matt. Er brauchte nichts anderes als eine Dusche.

»Du brauchst 'ne Dusche«, sagte Rita. »Wir müssen fit sein für die Präfektur.«

»Was für 'ne Präfektur?« Er hatte alles vergessen. Bis auf das eine.

Sie frühstückten zu Ende, checkten aus und ließen sich den Weg zeigen. Rita verlangte in makellosem Französisch den Chef zu sprechen, der auch tatsächlich kurz darauf erschien, ein mageres Männchen mit Menjou-Bärtchen und Halbglatze. Rita schilderte ihm den Fall und schloss mit der Behauptung, sie selbst habe die

Reifen erst vor einem halben Jahr gekauft, und nie im Leben könnten sie jetzt schon so runter sein, dass die Maßnahme der Gendarmen berechtigt sei.

Der *commissaire* schien beeindruckt. Er schlug vor, gemeinsam in die Garage zu gehen und die Reifen zu begutachten; träfen Mademoiselles Angaben zu, würde er keinen Moment zögern und die Entscheidung seiner Beamten korrigieren. Er müsse nur noch ein kurzes Telefonat führen, dann könnten sie gehen.

Der Mechaniker zuckte zusammen, als die Drei seine Werkstatt betraten, und bedauerte, dass er noch nicht zu dem Reifenwechsel gekommen sei; er wolle sich aber sogleich ans Werk machen.

»Ich glaub's nicht«, stöhnte Anselm. Die vier Reifen auf seinen Felgen waren blank wie der unbewachsene Teil des Kommissarsschädels.

»Six mois, n'est-ce pas?« Der Kommissar schüttelte den Kopf und zuckte gleichzeitig mit den Schultern. *»Presqu'impossible.«*

»Glaub mir, das sind nicht meine Reifen«, sagte Anselm.

»Natürlich nicht«, sagte Rita. »Das war sein kurzes Telefonat. *Merde!*«

Der Kommissar lächelte scharmant und erklärte, dass er unter diesen Umständen leider nichts für sie tun könne. Dann ermahnte er den Mechaniker, sofort die neuen Reifen aufzuziehen, die beiden Unglücklichen wollten sicher schnell weiter.

»Tout de suite, oncle Jules«, sagte der junge Mann und griff zum Presslufthammer. Zehn Minuten später erhielt Anselm die Bestätigung, dass der am Vorabend genannte Preis für einen Reifen galt.

Obwohl Rita eine verdammte Lesbe war, machte es Anselm Spass, mit ihr durch die Alpen zu fahren. Er bemühte sich redlich, es sich nicht anmerken zu lassen, weil er ja unglücklich war, aber schließlich überwältigte ihn ihre gute Laune, und als sie endlich die Grenze nach Italien hinter sich gelassen hatten und ins Piemont hinunterfuhren, sangen sie im Duett *»That's amore«* in schmierigstem Dean-Martin-Tremolo.

Der Winter war von heute auf morgen vergessen, die neuen Reifen streichelten den Asphalt, und die dunklen Eichen- und Fichtenwälder gingen über in sanfte Olivenhaine und Weinberge. Kurz vor Pinerolo machten sie unter dem Sonnenschirm einer Osteria eine Pause. Anselm erfuhr, dass Rita in die Nähe von San Remo wollte, nach Arma di Taggia, um eine Freundin zu besuchen, die dort eine Bar führte, und da Terzorio nur ein paar Kilometer von ihrem Ziel entfernt war, konnten sie zusammenbleiben, zumindest bis er sie in Arma absetzte.

Eva und Robert zu finden, würde nicht schwer sein. Der Ort, ein paar hundert Meter über der Rivieraküste an den Berg gebaut, war nicht groß, und ihren senffarbenen Peugeot konnte man nicht übersehen.

Anselm hatte während der Fahrt häufig darüber spekuliert, was in die Beiden gefahren sein konnte. Seit ihrem Fax hatte er nichts mehr von ihnen gehört, seine Nachrichten auf Band und Mailbox waren unbeantwortet geblieben, dann war ihre Nummer plötzlich nicht mehr vergeben, und ihren Umzug hatten sie ihm erst gar nicht annonciert; sie hatten sogar die Möbelpacker angewiesen, ihre neue Adresse geheim zu halten. Das alles ließ nur den einen Schluss zu: Die beiden hatten sich abgesetzt und darauf gehofft, dass er sich damit abfand. Anselms Zorn hatte mit jeder Windung der Serpentinen zugenommen, die ihn hoch hinauf nach Terzorio führten, und als er endlich den Peugeot entdeckte, freute er sich auf den Schrecken, den er mit seinem Erscheinen verbreiten würde.

Er stieg die Treppe zum Eingang des Hauses empor und teilte mit beiden Händen schwungvoll den Vorhang aus bunten Plastikstreifen, der anstelle der Tür die Insekten vom Einflug abhalten sollten.

»*Mamma mia!*« schrie Eva. »*Anselm, caro pupazzo!* Wo kommst du denn her?«

»*Grande sorpresa*, nicht wahr?« schrie Anselm ebenso laut. »Damit hättet ihr wohl nicht gerechnet?«

»*È vero*, du warst ja auch wie vom Erdboden verschluckt, oder besser gesagt, wie vom Funkloch.«

»Ich? Ich hab mir die Finger wund telefoniert, aber von Euch kam ja nichts mehr, null, *niente*!«

»Wie auch? Wenn du mit deinem Server in Clinch liegst, ist das dein Problem. Der Teilnehmer war vorübergehend nicht erreichbar, mein Lieber. Und Telefon und Fax zu Hause reagieren seit einer guten Woche auch nicht mehr.«

»Und was war das für ’ne Nummer in Brüssel? Keine Nachricht, nichts – einfach weg!«

»Du bist in Brüssel gewesen? Wir hatten dir doch geschrieben, dass wir zum Arbeiten nach Ligurien umziehen. Anders warst du ja nicht zu erreichen.«

»Geschrieben, geschrieben! Ich bin jetzt schon anderthalb Wochen unterwegs, da kann ich nicht in den Briefkasten kucken!«

»Und wie hast du uns da gefunden?«

»Ich hab eure Adresse aus den verdammten Möbelpackern herausgeprügelt! Wieso durften sie die mir nicht sagen?«

»Das galt eigentlich für den Vermieter. Wir haben die Kündigungsfrist nicht eingehalten und sind einfach abgehauen. Die Scheißhütte hat uns jeden Monat siebzigtausend Franc gekostet.«

»Hast du 'n Whisky im Haus und 'n Schluck Bier? Wo ist eigentlich Robert?«

Sie hatte nichts im Haus, wonach ihm verlangte. Robert war unten im *Café Sport* und trank vermutlich Whisky und Bier. Also waren die nächsten Schritte klar vorgezeichnet.

Es passte wirklich eins zum anderen. Sein Server hatte das Handy gesperrt, ebenso die Telekom den Anschluss zu Hause; die Bank hatte demnach keinen Respekt mehr vor seinen Einzugsermächtigungen gehabt.

Aber das alles spielte jetzt keine Rolle mehr. Konkrete Arbeit lag vor Anselm, an die hunderttausend Mark winkten. Die Drei machten schon an dem ersten Abend Pläne und verteilten die Zuständigkeiten. Anselm als *creative director* sollte in den ersten Tagen Plots und Outlines bis zur Treatmentreife schreiben, vielleicht hier und da auch schon Dialogteile und kleine Szenen entwerfen, und dieses Material würden dann die Beiden zu Outlines und schließlich zu kompletten Drehbüchern entwickeln. Dann würde man alles noch einmal zusammen »glattbügeln« und abschicken. Wenn alles so liefe wie gedacht, wäre man in vier bis fünf Monaten mit allem durch. Selbstverständlich könne Anselm diese Nacht noch bei ihnen schlafen, sagte Robert, aber morgen früh müsse er sich eine eigene Hütte besorgen. Das sei überhaupt kein Problem, fügte er hinzu, hier sei noch Vorsaison und der »Babbo« habe sicher noch etwas für ihn; er werde ihn gleich anrufen. Es wurde vereinbart, dass Anselm den »Babbo« am nächsten Mittag in Riva treffen und alles nötige mit ihm besprechen solle.

Tatsächlich wäre das Haus für Drei auf die Dauer zu klein gewesen. Es hatte zwar drei Stockwerke, aber jedes wurde nur durch einen Raum gebildet. Unten war die *cantina*, in der die beiden schliefen, dann kam eine Küche und oben war das Arbeitszimmer. Dort legte sich Anselm an diesem Abend zur Ruhe, von einem Gemisch aus Grappa, Whisky, Wein, *caffé* und Ramazotti recht unübersichtlich im Kopf geworden, aber doch noch so weit klar, dass er Gott bat, ein Wunder zu tun und alle Lesben von ihrer unseligen Neigung zu heilen.

Der »Babbo« war der widerwärtigste Mensch, den Anselm jemals leibhaftig gesehen hatte. Er quoll aus einem dunkelroten Topolino und stampfte auf Anselm zu, der vor dem *Café Beach* auf ihn wartete. Erst als er drei Schritte von Anselm entfernt war, bemerkte der, dass sich hinter dem mächtigen Kloß eine weitere Gestalt befand, die wohl am Steuer gesessen haben musste. Es war eine gut aussehende, etwas geduckt wirkende Frau von etwa vierzig Jahren, die eine Aktentasche schleppte.

Der Babbo trug khakifarbene Shorts und ein Hemd, das nur durch einen Knopf über seinem fetten

Wanst zusammengehalten wurde. Er ging barfuss, hatte aber auf seinem Kopf eine Topfmütze mit dem Aufdruck *Scuola dansante Barbieri.* Von Robert und Eva hatte Anselm erfahren, dass der Babbo Deutschamerikaner war und seit über zwanzig Jahren in der Region wohnte. In den ersten Jahren hatte er in den Dörfern heruntergekommene Häuser und verlassene Ruinen aufgekauft, mit einem windigen Architekten aus Stuttgart wieder hochgezogen und sie dann verkauft oder vermietet. Nebenher handelte er auf Touristenmärkten mit Militaria und besorgte deutschen Interessenten die Devotionalien aus großer Zeit, die sie in Deutschland nur unter Schwierigkeiten bekamen.

Ohne sich darum zu kümmern, ob da ein Stuhl stand oder nicht, ließ er sich fallen; offensichtlich verließ er sich dabei auf seine Begleiterin, die ihm tatsächlich flink einen Korbsessel unter sein fettes Hinterteil schob. Er stellte sie als »Snuggles«, seine Frau und Sekretärin vor, und bestellte sich laut ein Eis, ohne dass man einen Kellner gesehen hätte.

Er müsse siebenhundertfünfzig Mark pro Monat nehmen, Mark, keine *fucking* Lira, und Anselm müsse ein ganzes Jahr mieten, im November werde er die Häuser nicht mehr los, und Anselm müsse ihm noch heute Abend die erste Miete und drei Mieten Kaution in bar bringen, dann wäre alles geregelt; bis dahin hätte Snuggles den Vertrag fertig.

Das Eis kam, in einem Hörnchen, drei Riesenkugeln. Snuggles schaute aufs Meer hinaus.

Während der Babbo weiter bramarbasierte, schleckte er an seinem Eis. Der einzige Knopf am Hemd sprang auf und legte den Bauch frei. Geschmolzenes tröpfelte ins Brusthaar und rann über die gewaltige Wölbung. Plötzlich veränderte er seine Technik. Er streckte seine Zunge aus und wischte mit dem Hörnchen drum herum. Von Zeit zu Zeit zog er sie dann schmatzend zurück. Zum Schluss gab das nasse Hörnchen auf und wurde in seinen Händen zu einem Klümpchen Matsch. Der Rest fiel auf Oberschenkel und Knie. Den Babbo kümmerte es nicht.

Snuggles zog ein Tuch hervor und reinigte ihn, so gut es ging. Dann stand er auf, sagte *»A domani, mio amico«* und schlurfte davon in Richtung Topolino, ohne zu merken, dass der Sessel seinen Hintern noch immer fest umklammert hielt. Snuggles zerrte ihn frei und lächelte Anselm zum Abschied zu. Dann stopfte sie den Babbo auf den Beifahrersitz und setzte sich ans Steuer.

Als das kleine Häufchen Auto um die Ecke in Richtung Via Aurelia verschwunden war, fiel Anselms Blick auf ein kleines Zettelchen neben seiner Kaffeetasse: 20 Uhr, Via Cavour 8, Pompeiana, Ausweis mitbringen. Erst jetzt wurde ihm bewusst, dass er und Snuggles während des gesamten Auftritts der beiden nicht ein Wort gesagt hatten.

Anselm setzte sich ins Auto und fuhr nach Arma di Taggia. Er hatte Rita dort am Vortag vor der *Skipper*-Bar abgesetzt, deren Besitzerin sie als »Freundin« bezeichnet hatte. Anselm empfand es als tiefe Ungerechtigkeit, dass attraktive Frauen wie Rita es wagten, sich den Männern zu entziehen, für die sie doch eigentlich geschaffen waren. Die Schnepfen, dachte er, sollten einander ruhig zugetan sein, sollten ihr Schicksal teilen und daraus Kraft und Mut schöpfen, aber sie sollten ihre Krallen nicht nach den Schönen ausstrecken und sie für die Männerwelt verderben. Insgeheim hatte er die Hoffnung, dass es gelingen könnte, eine Lesbe »umzupolen«, wie er das nannte, sofern sie nicht eine »Hundertprozentige« war, sich also einen Rest von Heteroveranlagung bewahrt hatte.

Mit diesen Gedanken bog er auf den Lido ein, der am Nachmittag fast verlassen wirkte, sah man einmal von den vielen Autos ab, die ihn dicht an dicht säumten. Das Meer war hinter der langen Reihe von Umkleidekabinen und einem Wald von Sonnenschirmen nur zu vermuten, und hätte es nicht hin und wieder asthmatische Geräusche von sich gegeben, wäre seine Nähe nur an dem modrigen und sonnenmilchgetränkten Geruch zu erkennen gewesen.

Der *Skipper* hatte einen anmutigen kleinen Vorgarten mit einigem blühenden Gestrüpp, kleinen vertrockneten Raseninseln, auf denen die Tische und Stühle standen, durchzogen von drei geschwungenen Kieswegen, die sich kurz vor dem Eingang trafen. In der Mitte plätscherte eine kleine Fontäne, die aus dem Mund einer unbekleideten Gipsballerina entsprang, ein feines und kaum wahrnehmbares Geräusch, das aber gleichwohl eine wundersame Wirkung von Frische und Gastlichkeit verbreitete.

Anselms Blick fiel sofort auf einen Mann, der unter einer Markise auf einem Bänkchen direkt an der Hauswand saß. Er war, schätzte Anselm, um die Sechzig, elegant, fast schon kostbar gekleidet, dunkelgrauer Anzug mit hellgrauer Weste und gelber Krawatte, dazu einen dunkelblauen, breitkrempigen Filzhut. Seine

Hände stützte er auf einen schwarzen Stock mit silbernem Knauf, seine Augen verbarg er hinter einer spiegelnden Sonnenbrille. Von Zeit zu Zeit griff er zu seinem Glas, in dem Anselm Cynar vermutete, und trank einen kleinen Schluck daraus. So hatte sich Anselm immer den klassischen Capo vorgestellt, und es hätte ihn nicht verwundert, wenn Al Pacino um die Ecke gebogen wäre und dem Alten die Hände geküsst hätte. Dennoch hatte er nichts von der larmoyanten Brutalität eines Marlon-Brando-Paten; wenn er Anselms Großvater gewesen wäre, hätte er ihn geliebt und wäre stolz auf ihn gewesen.

Dann aber erschien die Wirtin in der Tür und erlöste Anselm aus der Betrachtung des mafiösen Alten. Er wusste von Rita, dass sie Anni hieß und Südtirolerin war, was ihn aber verwirrte, war die Tatsache, dass sie mit Sicherheit schon die Fünfzig überschritten hatte. Allerdings musste er nicht ohne einen Anflug von Eifersucht zugeben, dass Annis Anblick ihn auf Anhieb erfreute. Trotz ihrer eigenwilligen Gewandung – Brokatrock und Strickweste mit glitzernden Pompons – strahlte sie eine unerklärliche Würde und Schönheit aus, die Anselm augenblicklich gefangen nahmen. Er hatte eigentlich nie darüber nachgedacht, wie es wohl wäre, eine deutlich ältere Geliebte zu haben, aber Annis Annäherung an seinen Tisch ließ ihn diese Frage spontan stellen, natürlich nur sich und schweigend.

Als er sich als derjenige vorstellte, der Rita mitgenommen hatte, schien er Annis Wohlwollen mit einem Schlag gewonnen zu haben, und als sie ihm bestätigte, dass es im *Skipper* Bier vom Hahn (wenn auch nur Dortmunder) und guten Whisky gab (wenn auch keinen Paddy), erklärte er die Bar zu seiner italienischen Stammdependance. Rita war zum Shoppen in San Remo, und Anni erwartete sie nicht vor acht zurück. »Das Madel hatte fast gar nichts mehr auf dem Leib«, sagte sie, »da hab ich ihr was zugesteckt. Die Kloane sah ja aus wie a Scheich. A Vogelscheich.« Mit dem dritten Gedeck brachte ihm Anni eine Holzplatte mit Brot und einer Seite Tiroler Speck mit dem Hinweis, dass er eine solide Grundlage brauche und allgemein besser auf sich aufpassen müsse, er sei schließlich zu mager. Als Anselm schließlich gegen halb acht aufbrach, schieden sie wie zwei alte Freunde. Anni drückte ihn an ihre Brust und versprach ihm, Rita zu grüßen. Über ihre Schulter hinweg sah er, dass der Alte immer noch auf seinem Bänkchen saß, unbeweglich und mit Sonnenbrille, obwohl das Gärtchen mittlerweile vollkommen im Schatten lag.

»Wer ist das da unter der Markise?« fragte er.

»Curzio?« sagte Anni, »mein Mann.«

Snuggles öffnete die Tür und winkte Anselm herein. Das Haus, das von außen unscheinbar gewirkt hatte, erwies sich als ein geräumiges Durch- und Ineinander von Räumen auf verschiedenen Ebenen. Es konnte nicht anders sein, als dass es in den Fels hinein weitergebaut worden war.

Der Babbo wartete in einer Art Halle, die durch einen mächtigen Tisch aus massivem Holz beherrscht wurde, vor sich eine große silberne Platte, auf dem in Pyramidenform Dutzende von winzigen gebratenen Vögelchen gestapelt waren. Mit einem gebrüllten *»Buona sera, mio amico«* und einer wirren Geste lud er

Anselm zum Sitzen ein. *»Quails, you know«*, brummte er, »greif zu!« Dann langte er sich eines der Tierchen und stopfte es sich als Ganzes ins Maul. Es knickte und knackte ein paar Mal, dann waren die Knöchelchen gebrochen, und dann begann das Malmen, das von Schmatz- und Stöhngeräuschen begleitet war, und dann gab es einen großen Schluck. Sofort griff er wieder zu, und die ganze Prozedur begann von neuem. Innerhalb kürzester Zeit hatte er auf diese Weise ein Dutzend Wachteln in sich hineingeschlungen, nur unterbrochen durch kurze Gesten, die Anselm aufforderten, es ihm gleichzutun, wozu sich Anselm allerdings außerstande fühlte. Dann griff er zu einer Karaffe mit Weißwein, deren Inhalt er unter nahezu vollkommenem Ausschalten seines Zäpfchens in sich hineinschüttete.

»Hör zu«, sagte er schnaufend, »das Haus liegt in der Viale Garibaldi, Nummer *sette*. Wir haben heute zu früh gegessen, ich kriegte plötzlich einen Wahnsinnshunger. Da sind *quails* genau das Richtige. Was tust du, beruflich?«

»Ich will hier mit Freunden ein paar Drehbücher schreiben«, sagte Anselm.

»Du schreibst?« schrie der Babbo. »Du bist *writer*? Hör zu: Lass die albernen Drehbücher. Schreib für mich! Schreib meine Memoiren! Ich hab seit Jahren alles gesammelt und mir Notizen gemacht, aber schreiben kann ich nicht.«

Er begann mit der nächsten Partie, die er in derselben Art und demselben Tempo vertilgte wie die erste. Dann wischte er sich das Maul ab und sagte: »Wie lange wirst du brauchen?«

»Ich kann meine Freunde nicht im Stich lassen«, sagte Anselm, »wir haben Verträge.«

»*Fuck* Verträge!« schrie der Babbo. »*Pacta non sunt servanda!* Ich frage dich: Wie lange wirst du brauchen und was willst du dafür haben?«

»Wie lange ich brauche, hängt von dem Material ab«, sagte Anselm. »Und mein Preis ist 96.666 Mark und sechsundsechzig Pfennige. Mark und keine *fucking* Lira.«

Der Babbo lachte dröhnend auf. »Das ist gut«, rief er, »das ist gut! Hör zu, wir machen das so: Ich geb dir das Konvolut mit, du schaust es dir an und schreibst deine verdammten Drehbücher, und wenn du damit fertig bist, sagst du mir, ob du für mich schreiben willst. Snuggles, hol den Lebensmüll und den Mietvertrag! Und bring ein paar Flaschen von dem Bardolino mit!«

Nachdem die Unterschriften geleistet, die Memorabilien und die Hausschlüssel übergeben und alle Wachteln und der Wein vertilgt waren, lehnte sich der Babbo unvermittelt zurück und schlief ein. Die Audienz war beendet. Snuggles begleitete Anselm zur Haustür und gab ihm die Hand.

»Meint Ihr Mann das etwa ernst mit seinen Memoiren?« fragte er.

Snuggles sah ihn an und nickte. Wieder hatte sie kein Wort gesprochen.

Als Anselm das Haus gefunden hatte, war es schon dunkel. Es hätte ihn nicht gewundert (und es wäre ihm sogar egal gewesen), wenn ihm dieses Ungeheuer eine elende Butze am Dorfrand zugewiesen hätte; daher war seine Verblüffung umso größer, als er den Schalter für das Entree fand und das Licht anmachte. Ein weiß gekalkter, großzügiger Raum mit Marmorboden und sparsamem, aber exquisitem Mobiliar lag vor ihm; in zwei Nischen standen schwarze afrikanische Plastiken, und an der Wand hing ein Gemälde, das durchaus ein Jackson Pollock hätte sein können. Auch die anderen Räume waren mit Gegenständen bestückt, die eher in ein Museum gehört hätten als in ein Haus, das an Touristen vermietet wurde. Im größten Zimmer öffnete Anselm das bis auf den Boden reichende Doppelfenster und die Läden und trat auf den Balkon hinaus.

Er war einfach nicht darauf gefasst gewesen. Sein Blick ging über einen Swimmingpool inmitten eines kleinen Gartens, fiel über den steilen Abhang hinunter auf das Unterdorf und ging dann hinaus auf das mondlichtüberglänzte Meer. Eine endlose Wasserfläche lag ihm zu Füßen, über und über getüpfelt von den Lichtern der Boote und zur Küste hin gesäumt vom funkelnden Band der Via Aurelia. Der Babbo hatte ihm, aus welchen Gründen auch immer, für siebenhundertfünfzig Mark im Monat ein Paradies vermietet.

Anselm hatte Durst. Nein, es war nicht eigentlich Durst, es war eher die Erkenntnis, dass er sich nichts zu trinken besorgt hatte. Die Wirkung der drei Gläser Bardolino beim Babbo war inzwischen dahin, und eine lange Nacht lag vor ihm. Er würde sie nicht durchstehen ohne den gewohnten Pegel.

Das war alarmierend. Schweiß und zitternde Finger. Verdammt, er war doch noch nicht so weit. Er zündete sich eine Zigarette an und ging wieder hinein. Ein Nachtfalter hatte den Weg zum Licht gefunden und stieß mit dumpfen Lauten immer und immer wieder gegen die Lampenschale.

Ich fahre nicht hinunter. Ich bleibe hier oben. Ich muss doch eine Nacht ohne Stoff auskommen.

Er griff sich die Kiste mit den gesammelten Reliquien des Babbo und legte sich auf die Couch. Er begann darin zu blättern; eine kuriose und scheinbar ungeordnete Zusammenstellung von handschriftlichen Aufzeichnungen, offiziösen und privaten Briefen, Akten, Verträgen und anderen Dokumenten, Agenden und Terminkalendern, Zeitungsausschnitten, Fotos, die ihn verwirrte, zumal sie offensichtlich mehrere Personen betraf. Auch wenn er auf das Angebot des Babbo einginge – wie sollte er dieses Durcheinander eines Lebens, einer Welt, die er nicht kannte, in eine sinnvolle Ordnung bringen? Zwar hatte Anselm in den letzten Jahren verschiedene Chroniken für kleinere Orte in der Marsch geschrieben und war daher mit der Aufbereitung von historischem Material vertraut, aber da hatten rührige Archivare und Heimatforscher vorsortiert und ihm, zwar misstrauisch und mitunter neidisch, nützliche Hinweise und Ratschläge gegeben (mit Ausnahme der bewussten zwölf Jahre, in denen die Zeit offenbar stillgestanden hatte). Wenn er sich vorstellte, dass er auf die Hilfe des durch und durch unappetitlichen Babbo angewiesen wäre, um das biografische Tohuwabohu zu entwirren, kam ihm fast das Kotzen.

Unwillig und nervös wühlte er in dem zum Teil schon vergilbten und zerfledderten Kram. Er durfte jetzt nicht schwach werden. Andererseits könnte er sein Trinkkontingent für diesen Abend rigoros beschränken, um den Absturz zu vermeiden, also vielleicht nur ein Sixpack und eine kleine Flasche …

Dann fiel sein Blick auf eine Seite aus der *Washington Post*. Der Artikel war in diesem schauderhaften Journalistenenglisch verfasst, das er noch nie verstanden hatte; soviel aber war klar, dass es sich um den Beginn eines Mafia-Prozesses am 29. September 1952 handelte. Auf einem großen Foto war die Reihe der Angeklagten zu sehen, typische Edward-G.-Robinson-Visagen mit dunklen Hüten, wie sie Annis aristokratischer Gatte und auch der Babbo trugen; auf einen der sieben mutmaßlichen Vertreter der *cosa nostra* wies ein mit rotem Buntstift gezeichneter Pfeil hin. Aus der Bildunterschrift war zu entnehmen, dass es sich um den zweiundzwanzigjährigen Tom Kaufman handelte, der als *dispatch rider* der Gang fungiert haben sollte, was wohl so etwas wie ein Kurier war. Dieser Knabe musste möglicherweise etwas mit der Biografie des Babbo zu tun gehabt haben, vor knapp fünfzig Jahren. Konnte durchaus möglich sein: Den Babbo schätzte Anselm auf siebzig, und dass er früher in den Staaten gelebt hatte, wusste er von Eva und Robert.

Erst jetzt fiel ihm auf, dass er noch nicht einmal den Namen des Babbo kannte. Er holte sich den Durchschlag des Mietvertrags der »Ufficio Babbo Natale S.p.A« und versuchte die Unterschrift zu entziffern. Tommaso Mercatore? Das war die wahrscheinlichste Lesart.

Kaufman. Mercatore. War der blonde James-Dean-Verschnitt auf der Anklagebank etwa sein Babbo? Der seibelnde Dauerschwadroneur ein Mafioso, wenigstens in jungen Jahren? Undenkbar.

Aber Grund genug, sich die Materialien näher anzusehen. Anselm blätterte und las, las und blätterte die ganze Nacht, stillte seinen Durst mit Wasser aus dem Kran und seinen Hunger mit einer Schachtel Zigaretten. Bis zum Morgen hatte er nur einen Bruchteil des Ganzen zur Kenntnis genommen, aber dieser Ausschnitt reichte aus, um aufs mögliche Endprodukt schließen zu können: Es würde die Biografie eines Gauners, eines Gangsters werden, der unter wechselnden Namen und Identitäten auf allen Kontinenten in den verschiedensten Sparten von Betrug, Diebstahl und möglicherweise Schlimmerem gewirkt hatte. Anselm kam es vor, als habe der Babbo ihm seinen Lebensmüll zum Recyceln übergeben. Beichte? Katharsis? Oder nur die eitle Geste eines alten Ganoven im Ruhestand?

Die nächsten Tage waren angefüllt mit Schreiben, unterbrochen von kurzen Abkühlungsphasen im Pool und dem Zerstören von Ameisenstraßen in der Küche. Anselm reduzierte seinen Alkoholkonsum auf ein fein austariertes Maß von in Hinsicht auf die seelische Ausgeglichenheit Notwendigem und in Hinsicht auf die Arbeitsmoral Vertretbarem.

Die Abende verwendete er in regelmäßigem Wechsel zum Studium des babboesken Nachlasses, zu kontrollierten Umtrünken unter dem Titel »Arbeitsessen« mit Eva und Robert und Ausflügen in den *Skipper*, wo Rita sich mittlerweile als Serviererin Kost und Logis verdiente.

Was Rita anbelangte, wuchs Anselms Verwirrung von Treffen zu Treffen. Unter normalen Umständen hätte er sich eingebildet, dass sie mit ihm flirtete, unter den gegebenen allerdings redete er sich ein, dass sie nur freundlich zu ihm war. Ähnlich irritierend war Annis Verhalten, eine Mischung aus mütterlicher Zuwendung in Form von steter Sorge um sein leibliches Wohl und erotischer Koketterie in Form von Zärtlichkeiten, die sie mit souveräner Sicherheit für beide Interpretationen in der Schwebe hielt: Sympathie oder Begehren. Anselm entschied sich, alle Annehmlichkeiten über sich ergehen zu lassen und abzuwarten.

Nach etwa anderthalb Wochen kündigten Eva und Robert an, dass sie für ein paar Tage verreisen wollten. Das war Anselm durchaus recht, waren doch die Konferenzen mit ihnen immer unerfreulicher geworden. Mehr und mehr erschien es ihm, als verlören sie das Interesse an der Geschichte, als ließen sie ihn im Stich. Ihre Kritik und ihre Einfälle wurden immer blasser und uninspirierter, und nicht nur einmal ertappte er sie dabei, dass sie seine Tagesproduktion gar nicht gelesen hatten. Vielleicht brauchten sie wirklich etwas Abstand und Zerstreuung.

Bevor sie abfuhren, kamen sie bei ihm in Pompeiana vorbei, um ihm die Schlüssel fürs Haus zu geben; er sollte hin und wieder mal einen Blick darauf werfen.

»Bleibt ihr länger?« fragte Anselm.

»Nur 'n paar Tage, vielleicht 'ne Woche. Wieso?«

»Na, hörte sich so an.«

»Du bist gut. Wir müssen doch fertig werden.«

Die beiden gingen zum Wagen und setzten sich hinein. Anselm ging hinterher. Er musste sich jetzt endlich Klarheit verschaffen.

»Es war doch von einem Vorschuss die Rede. Und von einem Vertrag.«

»Genau das wollten wir ja regeln«, sagte Eva. »Wir fahren nach München zur Concordia. Wenn wir zurückkommen, gibt's Knete und Vertrag.«

»Ihr fahrt zur Concordia. Hättet ihr mir das nicht vorher sagen können?«

»He, was ist los?« Eva schien sauer zu sein. »Wir haben im Augenblick noch nichts zu tun, und du musst malochen. Da kannst du doch gar nicht mit.«

Darum ging es gar nicht. Aber Anselm schwieg und hob nur die Hand.

»Also bis dann«, sagte Robert, »und schreib wacker. In 'ner Woche sind wir spätestens zurück.« Dann gab er Gas. Anselm ließ die Hand sinken. Er hatte ein Gefühl wie damals, als Herr Kröger ihm eröffnete, dass er neuntausend Mark abgehoben und demnach nichts mehr zu beanspruchen hatte. Aber vielleicht hatte ihn nur die Vergangenheit so empfindlich gemacht, dass er Kabale und Intrige witterte, wo Verlässlichkeit und Freundschaft herrschten.

Als Anselm am nächsten Tag von Riva Ligure zurückkam, wo er sich eine Stange Zigaretten und ein paar Flaschen Bier besorgt hatte, sah er schon von weitem vor seinem Haus einen tiefer gelegten Benz stehen, goldmetallic, Sportfelgen, getönte Scheiben.

Das muss nichts zu bedeuten haben, dachte er in seinem Schrecken, von diesen Kisten gibt's nicht nur die eine.

Beim Näherkommen aber blieb kein Zweifel, dass es die eine war. HH-BS 1962 für Bubi Scholz und das Jahr seines Kampfs gegen Johnson. Wie um alles in der Welt hatte er ihn ausfindig gemacht?

Anselm stieg aus und sah sich um. Pompeiana schlief wie immer um die Mittagszeit ruhig und fest vor sich hin; außer ein paar jungen, mageren Katzen, die sich im Schatten eines Transporters spielerisch auf die Kämpfe ihres Lebens vorbereiteten, bewegte sich nichts.

Er ging auf das Haus zu, stieg die fünf Stufen zur Tür hinauf und öffnete sie. Es war so, wie er es sich vorgestellt hatte – mit einer Ausnahme: Bubi war nicht allein gekommen. Neben ihm auf der Couch saß Elvira Trepenthin. Anselm hatte ihr vor ein paar Tagen die versprochene Karte geschickt, eine Ansicht von Pompeiana.

»Hallo, ihr Beiden«, sagte Anselm matt.

»Er freut sich nicht«, sagte Bubi fassungslos. »Er freut sich nicht, dass ihn alte Bekannte, was sage ich, alte Freunde in seiner bescheidenen Klause besuchen.« Er stand auf, ging auf Anselm zu, nahm ihn in den Arm und hob ihn an. Anselm sah, während er schlaff in Bubis Griff hing, Hilfe suchend zu Elvira hinüber, die aber nur mit den Schultern zuckte.

Bubis Mund war nun ganz nah an Anselms Ohr, und während er ganz leise sprach, wurde der Druck seiner Arme nach und nach immer stärker.

»Hör mir zu. Wir besprechen das Geschäftliche jetzt sofort. Wenn alles geklärt ist, kann der Urlaub anfangen. Wir haben einen Vertrag, nach dem du mir bis zum Monatsende viertausend Mark plus üblicher Verzinsung zurückzahlen solltest. Ist das richtig?«

»Uff«, machte Anselm. Zu einem Ja reichte es schon nicht mehr.

»Gut. Du hast aber nicht zurückgezahlt. Ist das auch richtig?«

»Uuuuh.«

»So. Nun werde ich dir erzählen, was passiert, wenn du meine Großmut und Geduld weiter missbrauchst. Interessiert es dich?«

Anselm schüttelte den Kopf. Wenn Bubi noch was zuzulegen hatte, würde er in spätestens dreißig Sekunden ohnmächtig in dessen Armen hängen.

»Also: Hast du die Kohle?«

Anselm nickte verzweifelt und begann zu strampeln. Sofort ließ ihn Bubi los. »Du kennst meine Prinzipien«, sagte er. »Verlässlichkeit, Pünktlichkeit, Ehrlichkeit. Auf diesen Säulen sind das Geschäftsleben wie das Privatleben aufgebaut. Wo diese Säulen wackeln oder bersten, herrschen Anarchie und Chaos. Wo ist das Geld?«

»Im Schlafzimmer«, sagte Anselm schnaufend und noch immer nach Luft ringend.

»Wie hoch ist die Gesamtsumme?« fragte Bubi zu Elvira gewandt.

»Bei 8,75%?« fragte sie. Bubi überlegte kurz und sagte: »Ist fair.«

»Viertausenddreihundertundfuffzig.«

»Und bevor du dich ungerecht behandelt fühlst: Das Kilometergeld und die Auslagen nehmen wir auf unsere *Kap*pe. Soll ja 'n schöner Urlaub werden.«

Anselm ging, noch benommen, ins Schlafzimmer und zog das Bündel mit den Scheinen unter der Matratze hervor, die ihm aus dem Verkauf des Flügels nach Abzug der Kaution für das Haus und den bisher entstandenen Kosten übrig geblieben waren. Er zählte die Summe ab und war erschrocken, dass er nun gerade noch über knappe tausend Mark verfügte.

Nachdem er Bubi das Geld ausgehändigt hatte, streckte der seine Hand aus: »Wieder Freunde?« fragte er. Anselm war sich in diesem Augenblick vollkommen sicher, dass es Bubi ernst meinte.

»Wieder Freunde«, sagte er und schlug ein. Elvira klatschte vor Begeisterung in die Hände. »Mein Gott«, sagte sie, »was hatte ich für eine Angst, dass du nicht zahlen kannst!«

»Wieso?« sagte Anselm, »war doch so abgemacht.«

Es wurde noch ein zauberhafter Nachmittag. Auf Bubis Vorschlag machten sie einen Trip auf den Monte Bignone, von dem aus man einen atemberaubenden Blick auf die Meeralpen nach Norden und auf San Remo und das Meer im Süden hatte; im Restaurant der Seilbahnstation, das eigentlich noch geschlossen hatte, machte der *padrone* eigens für die Drei eine Riesenportion Penne all'arrabbiata und nahm die Kaffeemaschine in Betrieb.

Anselm erfuhr unerhörte Neuigkeiten. Elvira hatte in der Bank gekündigt und mit Bubi zusammen eine GmbH gegründet, die sie *Human Collection* nannten. »Menschliches Inkasso, verstehst du? Meine Finanzkenntnisse und Bubis Know-how aus der Branche – die Traumkonstellation! Wir übernehmen Schulden zu fairen Konditionen und handeln dann mit Banken oder privaten Gläubigern korrekte Rückzahlungsmodalitäten aus. Und das Ganze machen wir auf Sylt, da ist das richtige Geschäftsklima für so was. Der Laden brummt mittlerweile so, dass wir uns jetzt schon den ersten Urlaub genehmigt haben.«

Sie erklärte ihm dann ausführlich die Einzelheiten

ihres Geschäfts, und es hörte sich für Anselm durchaus plausibel und koscher an, obwohl er es nicht verstand. Die Sonne verzog sich hinter den Monte Bignone, und man ging zu Wein und Grappa über.

Als sie mit den ersten Gläsern Tresterschnaps anstießen, wurde Elvira sogar ein wenig melancholisch. Sie hätte sich damals im *Amadeo* schon ein wenig in ihn, Anselm, verliebt, gestand sie, aber das sei überwunden, weil sie ja nun mit Bubi zusammen sei. Und zu Anselms Überraschung und Freude rückte sie nahe zu dem verlegen dreinblickenden *human collector* und küsste ihn.

»Meinst du nicht auch, dass ich ein wenig zu alt für sie bin?« brummte er.

»Du, zu alt? Du hättest mir eben beinah alle Knochen im Leib gebrochen.«

»Ich hab vor vierzehn Tagen gerade mein Goldenes Sportabzeichen erneuert. 13:30 über 100 Meter, 12,59 im Kugelstoßen, mit der dicken Kugel, und knapp unter achtzehn Minuten über 5000 Meter.«

Das Leben ist gar nicht so übel, dachte Anselm, wenn man Freunde hat. Ihm war plötzlich sehr wohl. Er hob sein Weinglas und konnte nicht verhindern, dass es sehr feierlich klang, als er *»Salute, mi cari amici!«* ausrief. Auf Deutsch hätte er es nicht über die Lippen gebracht.

Einige Zeit lang schwiegen alle Drei und schauten hinunter in das enge Tal, in dem die ersten Lichter angingen.

»Wir sind nicht nur wegen des Geldes hierher gekommen«, sagte Elvira schließlich, »und auch nicht nur wegen des Urlaubs.« Sie sagte das so ernst, dass Anselm aufschreckte und seine wohligen Gedanken fahren ließ.

»Weshalb denn sonst?«

»Wir wollten dich warnen. Du musst vorsichtig sein, bei Grenzübertritten zum Beispiel oder bei behördlichen Anmeldungen. Die Bank hat dich angezeigt. Du hast zu dem vorgegebenen Termin deinen Kontostand nicht ausgeglichen und dich einfach aus dem Staub gemacht, ohne die Bank davon in Kenntnis zu setzen. Damit müssen sie davon ausgehen, dass du dich deinen Verpflichtungen schuldhaft und vorsätzlich entziehst.«

»Scheiße«, sagte Anselm. Ihm fiel nichts Besseres ein, als Bubis Grappa in einem Zug auszutrinken. »Das heißt, ich werde festgenommen, sobald ich irgendwie auffalle?«

»Kann dir passieren. Der Drehbuchdeal steht doch noch, oder?«

»Ja sicher. Ich sitz von morgens bis abends dran, und Eva und Robert sind gerade jetzt in München bei der Concordia und bringen den Vertrag mit.«

»Dann ist es ja gut. Ich hab bei der Bank immerhin erreicht, dass sie die Anzeige zurückzieht, sobald sie das Geld hat. Aber unendlich wird ihre Geduld nicht sein.«

»Dauert auch nicht mehr lang. Die Beiden bleiben nur eine Woche, dann wird unterschrieben, und dann gibt's Vorschuss.«

»Und wenn nicht?« mischte sich jetzt Bubi ein.

»Dann hab ich ja immer noch eure *Human Collection* GmbH.«

»Werd endlich mal wach«, brummte Bubi. »Wir kommen nur bei gültigen Verträgen zum Zug, und wenn ein tatsächlicher Betrag geschuldet wird. Noch liegt beides nicht vor.«

Man einigte sich darauf, den Teufel nicht an die Wand zu malen. Stattdessen sollte Anselm einen Vorschlag machen, wo man in würdigem Rahmen das Wiedersehen feiern konnte.

Im Gärtchen der *Skipper*-Bar brannten die Lichterketten, die wasserspeiende Gipsballerina drehte sich anmutig, wobei sie ständig ihre Farbe wechselte, und aus in den drei Pinien versteckten Lautsprechern troff sanft die Stimme Domenico Modugnos, der zugab, ein großer Sünder zu sein, ohne dass man den Eindruck gewann, dass ihn dieses Bekenntnis viel Mühe gekostet hätte. Auf dem Bänkchen neben der Eingangstür saß der Alte, der Annis Mann war, und blickte durch seine Sonnenbrille in die Nacht hinaus. Aber vielleicht schlief er auch schon.

Bubi überfiel ein Schub von rückhaltloser Liebe zu seinem Gastland, kaum hatte er das Gärtchen betreten. *»Bella Italia«*, brummte er, »ein großes Volk von Leichtathleten, große Kämpfer.« Diese Beurteilung des italienischen Nationalcharakters überraschte Anselm zwar nicht wenig, aber wenn Bubi es so sah, wollte er auch nichts dagegen einwenden. Überschwänglich wurden sie zuerst von Anni, dann auch von Rita begrüßt, die mitfeiern wollten, sobald es etwas ruhiger geworden war. Es saßen wie üblich nicht allzu viele Gäste an den Tischen, aber es war Essenszeit und Annis Südtiroler Küche war äußerst begehrt. Während Rita mit Tellern und Gläsern über die Kieswege schwebte, befiel Anselm Wehmut und Zorn angesichts der Differenziertheit des menschlichen Geschlechts- und Liebeslebens.

»Wär das nichts für dich?« raunte ihm Bubi ins Ohr. »Ihr Gang gleicht dem der Gazelle, ihre Brüste hüpfen munter wie zween Zicklein, und vermutlich schimmern ihre Schenkel weiß wie Alabastersäulen.«

»Bei Gott, wie wahr«, seufzte Anselm in Erinnerung an jenen glücklichen Moment, in dem er Rita einmal und kurz schauen durfte. »Aber leider macht sie sich nichts aus Männern.«

Beinah wäre Bubi aufgesprungen. Aufgeregt stieß er ein ungläubiges »Waaas?« aus, um dann ein suggestives »Du willst mich wohl verarschen?« folgen zu lassen. Er streckte seine Hand aus: »Ich wette mit dir um die lumpigen vier Riesen, dass Rita scharf auf dich ist!« Er beruhigte sich wieder und sagte dann leise, aber bestimmt: »Hör mir zu, mein junger Freund, ich bin nun mittlerweile jenseits der Fünfzig, von dir aus gesehen, und kenne mich in der Damenwelt hinlänglich aus.« Elvira nickte versonnen lächelnd. »Ich habe mich nur zweimal in meinem Leben geirrt, was Frauen anbelangt, und für einen dieser Irrtümer bezahle ich noch heute. Aber eine Lesbe« – er schnaufte verächtlich – »eine Lesbe rieche ich drei Meilen gegen den Wind – und jenes Wesen dort ist eine Frau, die die Männer liebt, das wäre ja noch schöner.«

Noch schöner wäre es gewesen, wenn Bubi Recht gehabt hätte, aber Ritas barsche Antwort auf Anselms schüchterne Annäherung in La Grave hatte sich tief in ihm eingenistet und ihre melancholische Wirkung entfaltet.

Unter solcherlei Plaudereien und Gedanken ging

der Abend dahin; die ersten Gäste gingen, die Tische wurden nach und nach frei, und Anni und Rita fanden nun immer öfter Zeit, sich zu ihnen zu setzen. Jedes Mal, wenn Rita wieder aufstehen musste, weil ein Gast die Rechnung verlangte oder etwas bestellte, brummte Bubi: »Niemals. Nie und nimmermehr.«

Gegen halb elf war das Gärtchen endlich leer; nur Don Curzio saß an seinem gewohnten Platz unter der Markise. Anni zog ihre fesche Strickjacke mit den Pompons aus, die heute golden schimmerten, und legte dadurch eine ebenso fesche Bluse mit silbernen Tröddelchen frei, die in der italienischen Beleuchtung aufmunternd funkelten.

»Anni«, fasste Anselm sich ein alkoholunterstütztes Herz, »was macht dein Mann da den ganzen Abend auf der Bank. Er kann doch nicht einfach nur dasitzen. Warum feiert er nicht mit?«

»Du kannst es nur nicht sehen«, sagte Anni, »Curzio hat Kopfhörer auf. Er hört Gedichte. Er ist ein großer Verehrer deutscher Poesie.«

»Und warum liest er sie nicht?«

»Das weißt du nicht? Curzio ist blind.«

»Sei mir nicht böse, liebe Anni, so geht das schon mein ganzes Leben lang. Von einem Schmalztopf in den anderen.«

»In Südtirol sagen wir Fettnapf, aber mach dir keine Gedanken, bist ein guter Bursch.«

Rita kam erschöpft aus der Küche, und als sie sah, dass an dem Tisch kein Stuhl mehr frei war, setzte sie sich einfach auf Anselms Schoß.

Das war zu viel für ihn. Er hatte den ganzen Abend vergebens gegen seine Sehnsucht angetrunken, und nun wurde er mit einem Schlag von Ritas Nähe und Wärme überflutet, und ihr Duft drang mühelos durch seine olfaktorische Barriere von Wein und Grappa. »Ich weiß ja, dass du für Männer nichts übrig hast, aber kannst du heute nicht mal 'ne Ausnahme machen?«

Rita lachte. »Ich für Männer nichts übrig? Wie kommst du denn darauf?«

»Du hast es mir selbst gesagt, in La Grave, im *Grand Hôtel*.«

»Ach das! Das sag ich immer, wenn ich müde bin oder gerade keine Lust habe. Wirkt todsicher.«

Anselms Klarsicht steigerte sich nahezu bis zur Nüchternheit. »Wie gut«, sagte er , »dass ich nicht mit Bubi gewettet habe. Fahren wir zu mir?«

»Wir fahren nirgendwo mehr hin. Sogar in diesem gesegneten Land gibt's Bullen. Aber ich wohn hier gleich um die Ecke.«

Wenig später, in Ritas Bett, gab's ein groß Geruschel, ein Seufzen und Stöhnen, leises Schreien und lautes Schnaufen, zartes Streicheln und festes Halten, viel Feuchtes und Geruch, Gliedmaßen gerieten durcheinander und wurden neu geordnet, Gefühle platzten auf, Wünsche wurden wahr, alles war gut.

Anselm hatte sie gezählt. Von der Via Aurelia bis hoch nach Pompeiana gab es vierundfünfzig Kurven, davon sechzehn Spitzkehren. Anselm fügte am nächsten Morgen noch einige hinzu, wie Yves Montand in *Lohn der Angst*, gelöst und beschwingt wie nach einem glücklich überstandenen Abenteuer. Er würde gleich duschen, ein wenig schlafen, wenn das überhaupt ging, und danach weiterschreiben.

Er stellte den Wagen unter den einzigen Olivenbaum, den es auf dem Parkplatz gab; den Rest des Weges bis zu seinem Haus musste er zu Fuß gehen, weil die Gasse dorthin zu eng war. Auf den Stufen unter der Eingangstür saß ein Mann, der sich aufrichtete, als er Anselm bemerkte. Es war Mario Adorf.

Wie hätte er auch glauben können, dass dieser Mensch die Sache mit dem Flügel auf sich beruhen lassen würde? Wie hätte er ihn auch nur eine Sekunde vergessen dürfen? Lauf einfach weg, dachte er, hau ab, der Rest wird sich schon finden!

Aber dazu war es zu spät. Als Anselm sich umwandte, sah er den Mann im gelben Polohemd, unter dem in lebendigem Relief eine Kollektion perfektester Muskelwülste wucherte.

Im Näherkommen vollzog sich zum zweiten Mal die Metamorphose Mario Adorfs in den belgischen *entrepreneur* Waneghem. Einen Meter vor Anselm blieb er stehen.

»Wir wollen nicht lang um den heißen Brei herumreden – sagt man nicht so in Deutschland?« Monsieur Waneghem sprach leise und deutlich. »Ich hasse es, verladen zu werden, und noch mehr hasse ich es, von einem Amateur verladen zu werden.«

»Ich habe Sie nicht verladen«, sagte Anselm langsam. Seine Kehle war trocken. Er schwitzte. »Der Flügel wurde von einer deutschen Spedition abgeholt, bevor Ihre Leute kamen. Ich konnte sie nicht daran hindern.«

»Ta gueule, sale boche!« zischte Waneghem und zitterte plötzlich am ganzen Leib. »Ich habe meinen Geduldsfaden verloren! Ich werde es nicht erlauben, ich werde es nicht erlauben!«

»Sie können Ihren Flügel zurück haben«, sagte Anselm vorsichtig. »Ich weiß, wo er steht, Sie brauchen ihn nur mitzunehmen.«

»Dieser Scheißflügel interessiert mir einen Scheißdreck!« tobte Waneghem, stärker zitternd, aber ohne sich von der Stelle zu rühren. »Ich muss dich strafen! Eine *exemple* statuieren! Zerdrücken wie ein *pou*! Was ist das auf die verdammte Deutsch?«

»Eine Laus«, sagte Anselm matt.

»Eine Laus, eine gottverfluchte Laus, das wirst du sein!« Waneghem hatte sich nun vollends in Rage gebracht. »Du wirst jetzt mitkommen! Oben steht unser Wagen. Und mach keine Ziegen!«

»Ich rühr mich nicht vom Fleck«, sagte Anselm. »Ich komm nicht mit Ihnen.«

Waneghem starrte ihn an, als habe er ihn nicht verstanden. »Du hast nicht verstanden«, sagte er schließlich.

»Ich habe verstanden«, sagte Anselm. »Ich soll mitkommen, und ich will nicht.« Waneghem schüttelte den Kopf und zog eine Pistole aus seiner Hosentasche.

Das gab es nicht. Ein cholerischer belgischer Gangster richtet zu *high noon* in der Gasse eines ligurischen Bergdorfs eine Schusswaffe auf mich, den sanftmütigen und unschuldigen Anselm Feyrig! Ihm erschien diese Situation so absurd, dass es zu einer ordentlichen Angst erst gar nicht reichte.

»Ich schreie jetzt«, sagte er. Ihm fiel nichts anderes ein. »Ich schreie jetzt so laut, dass alle Leute aufwachen!«

»Dann muss ich dich totschießen«, sagte Waneghem, und die Ruhe in seiner Stimme überzeugte

Anselm endlich davon, dass er es ernst meinte. Da kam die Angst über ihn. War er wirklich nur einen lächerlichen Fingerbreit vom Tod entfernt? Gestern Nacht noch der glücklichste Mensch, heute der toteste?

»Allez!« sagte Waneghem und wies mit der Pistole in Richtung Parkplatz. Der Muskelmann ging betont unauffällig voran. Anselm trottete wie in Trance zwischen den beiden her, unfähig, einen geordneten Gedanken zu fassen. Sie würden ihn jetzt in ihr Auto laden, an eine einsame Stelle fahren, ans Meer oder in die Berge, und ihn exekutieren. Oder zumindest ihn so zurichten, dass ihn seine eigene Mutter nicht erkennen würde.

Sie überquerten den Parkplatz und stiegen hinauf in Richtung auf den kleinen Friedhof oberhalb des Orts. Vermutlich hatte Waneghem seinen Wagen dort abgestellt. Warum nur war in diesem verdammten Nest niemand unterwegs? Alle saßen sie vor ihren Bergen von Spaghetti oder machten hinter den heruntergelassenen Jalousien ihre Siesta und kümmerten sich einen Dreck um den *famoso scrittore tedesco* und dessen Schicksal!

Alle? Nein. Anselm hörte den süßen Klang einer Vespa, die sich vom Friedhof her näherte und davon kündete, dass nicht das gesamte Dorf in ein mittägliches Koma gefallen war. Als sie den Muskelmann passierte, scherte Anselm aus der vertikalen Dreierreihe aus und stellte sich dem Roller in den Weg. Der Fahrer versuchte auszuweichen, aber Anselm ließ es darauf ankommen, mit ihm zu kollidieren. Nur eine Handbreit vor ihm kam die Vespa zu stehen. Der Fahrer sah ihn verständnislos bis verärgert an und machte eine Handbewegung, die Anselm als kompletten Trottel qualifizierte. Der Muskelmann und sein Chef gingen weiter, ohne sich um die Szene zu kümmern; als Waneghem Anselm überholte, murmelte er etwas, was Anselm nicht verstand, doch machte der Ton seiner Stimme ein Verstehen auch überflüssig.

Anselm wischte sich den Schweiß vom Gesicht, sagte: *»Scusi, signore, io sono un poco – «* und wiederholte die Geste des Fahrers.

»Troppo caldo, eh?«

»Si, si, troppo – e mille grazie!« Waneghem und sein Begleiter waren nun im Eingang zum Parkplatz vor dem Friedhof verschwunden. Anselm ließ den Vespafahrer stehen und lief quer über die Straße auf den mit dichtem Gebüsch überwucherten Abhang zu. Er wusste, dass auf der engen Talsohle ein kleiner Bach verlief, dem er nur folgen musste, um nach Arma di Taggia zu kommen. Während seines schwierigen Abstiegs hörte er zuerst die Vespa starten und dann, nach einigen Minuten, einen schweren Wagen vorüberrauschen.

Bis zum Grund der Schlucht waren es gute dreißig Meter; unten wuchsen riesige großblättrige Pflanzen, die zwar Schatten spendeten, aber auch keinen Lufthauch in diesen tropischen Brutkasten ließen; der Bach suchte sich seinen armseligen Weg um Autoreifen, Kinderwagen und allerlei bizarren Unrat wie Dutzende Kartons mit Kunstblumen und Unmengen von blutverschmierten Kompressen. Im Grunde war es nichts anderes als eine lang gestreckte Mülldeponie, durch die Anselm sich schlagen musste; bemerkenswert war die Zahl der unterschiedlichsten Insekten, die es auf sein Blut abgesehen hatten, und die Vielfalt der angriffslustigen Stachelflora, die sein Fleisch malträtierte. Nach zwei Stunden und vier gründlich ausgeschlachteten

Autowracks war Anselm vollkommen erschöpft. Er setzte sich auf die rostige Trommel einer Waschmaschine und weinte. Hätte er die Kraft gehabt, er wäre nach oben auf die Straße gekrabbelt, ob dort Waneghem auf ihn gewartet hätte oder nicht. So aber blieb er einfach sitzen, weinte und starrte durch den Tränenschleier in die dunkelgelbe Brühe.

Er hatte einen Durst, der stärker war als seine Angst. Wie lange musste er sich wohl noch an diesem stinkenden Rinnsal entlangkämpfen, bis es im Meer versickerte, vorausgesetzt, es hätte tatsächlich noch die Kraft bis dorthin?

Es wurde eine Spur kühler, weil die Sonne sich hinter den Rand der Schlucht verzogen hatte. Anselm stand auf und wischte sich mit dem Handrücken die Spuren seiner Tränen fort. Er beschloss, erst nach Anbruch der Dunkelheit in den Ort zu gehen und Rita von einer Telefonzelle anzurufen. Vielleicht sollte er versuchen, ein wenig zu schlafen.

Er fand eine Stelle, die ihm relativ wenig kontaminiert schien, legte sich hin und starrte in den grünen Himmel, den die riesigen Blätter über ihm wölbten. Einen kurzen Augenblick lang glaubte er an eine Halluzination, ein perfides Blendwerk des Durst- und Hungerteufels, doch es waren tatsächlich Bananen, die da über ihm schwebten! Bananen! Und er war die ganze Strecke über unter ihnen hindurchgetapert und hatte gelitten wie der Gekreuzigte! Er hatte nicht im Entferntesten mit der Möglichkeit gerechnet, dass an dieser Kloake irgendetwas Essbares gedeihen könnte, geschweige denn, dass hier Bananen wuchsen. Er brach eine Frucht nach der anderen von den Zweigen, riss sie auf und stopfte sie sich gierig in den Mund. Dann setzte er sich als ein anderer Mensch auf den Boden.

Er durfte nicht aufgeben. Er durfte Waneghem nicht die Initiative überlassen. Er durfte nicht weglaufen oder untertauchen. Er würde ihn nie loswerden, Waneghem war ein Spürhund, er hatte ihn sogar in Pompeiana gefunden, vermutlich durch die deutschen Spediteure, und würde ihn auch finden, wenn er nach Venezuela auswanderte.

Er musste kämpfen. Er musste sich Verbündete suchen. Der Eis schleckende Babbo mit seiner sinistren Vergangenheit fiel ihm ein, Don Curzio, Annis poesieliebender Gatte, und schließlich auch Bubi, der gnadenlose Eintreiber i. R. Das war doch nicht die schlechteste Armee.

Trotz dieser ermutigenden Gedanken gelang es ihm nicht einzuschlafen. Es war ihm nämlich unmöglich, sich die Form dieses Kampfes vorzustellen. Er war ein Meister darin, sich aus der Affäre zu ziehen, Leute zu überzeugen, sie sogar für sich zu gewinnen, aber hier ging es nicht um einen Dispositionskredit oder die Miete für den nächsten Monat.

Leute wie Waneghem waren nicht durch Argumente zu überzeugen, sie waren auch nicht einfach abzuschütteln oder auszutricksen. Leute wie Waneghem waren Kampfhunde, denen man aus Versehen auf den Schwanz getreten hatte, und die nicht lockerließen, wenn sie sich in einen verbissen hatten.

Der Rest des Weges war weniger beschwerlich, aber dafür länger, als es Anselm geschätzt hatte, und so wurde es dunkler und dunkler, und als er das Meer hörte und den Verkehr auf der Via Aurelia, war es mittlerweile neun Uhr geworden. Den Vorsatz, Rita anzurufen, hatte er inzwischen aufgegeben; zuerst wollte er von Bubi erfahren, wie der die Lage einschätzte. Bubi und Elvira wohnten im *Liguria* direkt am Lido, wo zu der Zeit ein dichtes Getümmel herrschte, und deshalb die Gefahr, auf Waneghem zu treffen, recht gering war.

Natürlich waren die Beiden nicht im Hotel, und so lag die Vermutung nahe, dass sie im *Skipper* gelandet waren, der nur wenige Schritte vom *Liguria* entfernt lag. Anselm klopfte am Hintereingang, der zur Küche führte, und Anni öffnete ihm.

»Bursch, wie siehst du denn aus! Hast dich geprügelt?«

»Sind die Beiden bei dir?«

»Elvira und Bubi? Die sitzen im Garten. Sag, was hast angestellt?«

»Bitte, ruf die Beiden herein, ich kann draußen nicht mit ihnen reden.«

Anni verschwand, ohne weiter nachzufragen.

Nachdem Anselm seine Geschichte erzählt hatte, war die Reaktion jeder der Drei höchst unterschiedlich: Anni ging hinaus und kam mit einer Flasche Whisky zurück, Bubi schüttelte mechanisch den Kopf und brummte vor sich hin, und Elvira schaute entsetzt drein und befreite Anselm von allerlei Pflanzlichem.

»Bubi! Was soll ich machen? Du kennst dich doch aus!«

Bubi beendete vorläufig Brummen und Kopfschütteln. »Ich weiß nicht«, sagte er. »Ich würde abhauen. Ich würde meine Rita nehmen und abhauen.«

»Und wohin, bitte. Und von was? Ich hab den Arsch

voller Schulden, und hier hab ich vielleicht zwei Jobs, die mich ein für alle Mal sanieren könnten. Und da soll ich abhauen?«

»Was sonst? Willst du dir ’ne Knarre kaufen und dem Typen das Gehirn rauspusten? Du, Anselm Weichei? Hier geht’s nicht um Peanuts, mein Freund, hier geht’s, wenn ich das richtig sehe, um Leben und Tod!«

»Wo er Recht hat, hat er Recht«, sagte Anni. Sie machte eine kurze Pause, die sie mit dem Einschenken der Whiskys füllte. »Ich werde darüber mit Curzio sprechen. Wenn sich einer mit so was auskennt, ist er das. Und er mag solche Waneghems auf eigenem Terrain überhaupt nicht.« Anni stand auf; die Troddeln an ihrer Strickjacke bebten und schimmerten gülden. »Ich bin gleich wieder da«, sagte sie.

Es dauerte aber doch über eine Viertelstunde, und als sie zurückkam, war sie nicht allein. Hinter hier erschien der Capo, wie immer in tadellosem Tuch und mit dunkler Brille. Als sei er nicht blind, zog er sich mit sicherem Griff einen Stuhl herbei und setzte sich Anselm gegenüber.

»Sie sind in keiner beneidenswerten Lage, mein Junge«, sagte er. »Sie haben einige Fehler gemacht, *bene*, aber die Maßnahmen dieses belgischen Signore scheinen mir extrem übertrieben. Ich habe gerade mit einigen Freunden in Bruxelles telefoniert. Waneghem ist tatsächlich nicht zu unterschätzen.«

»Und was raten Sie mir, Signore?«

»Gar nichts. Tauchen Sie ein, zwei Tage unter. Ich kümmere mich darum. Sie können so lange bei uns wohnen.«

Hätte ihm der Capo seinen Ring entgegengestreckt, wäre Anselm ohne zu zögern auf die Knie gegangen und hätte ihn geküsst.

»Und nun, liebe Anni, sei so gut und besorge uns Getränke. Wir wollen lustig sein, wie in alten Zeiten.«

Anselm brachte die nächsten beiden Tage in Annis und Curzios Wohnung in San Remo zu. Der Capo hatte ihm geraten, nicht bei Rita zu wohnen, weil er nicht beurteilen könne, wie viel Waneghem über Anselms Gewohnheiten wisse. Ebenso hatte er ihm empfohlen, die Wohnung nicht zu verlassen, solange man Waneghems Verbindungen nicht abschätzen könne. Der Capo war ein sehr vorsichtiger Mann.

Am Morgen des dritten Tages kam Annis Anruf, in dem sie Anselm die Aufhebung seiner Quarantäne verkündete. Rita sei auf dem Weg, ihn nach Arma abzuholen.

Wie immer saß der Capo vor dem *Skipper* im Schatten der Markise, diesmal mit einem Gläschen Cynar vor sich. Anselm wusste nicht, wie er sich bedanken sollte, und sagte es ihm auch, aber der Capo winkte ab.

»Es war eine einfache Sache. Alles geht einfacher, wenn man informierte Leute kennt. Sie werden ein paar Jahre Ruhe vor diesem Subjekt haben, und vielleicht hat er sich dann ja abgekühlt.«

Zu seiner Verwunderung war Anselm erleichtert, dass Waneghem offensichtlich noch lebte. »Ich weiß nicht, ob ich fragen darf, wie Sie Waneghem – nun ja – losgeworden sind.«

»In diesem Fall dürfen Sie, mein Junge, weil alles mit rechten Dingen zugegangen ist. Ich habe erfahren, dass Waneghem mit internationalem Haftbefehl gesucht wurde, und dieses Wissen habe ich den zuständigen Stellen weitergegeben. Er ist schon auf dem Weg nach Bruxelles.« Er nahm einen kleinen Schluck aus dem Gläschen. »Im Übrigen habe ich auch mit seinem Gorilla gesprochen, der sich sehr einsichtig zeigte.« Er lächelte vergnügt. »Es ist so schön, wenn Menschen etwas verstehen.«

So leicht war das, wenn man die richtigen Leute kannte. Vor drei Tagen noch hatte er sich in Todesangst durch eine Müllkippe gewühlt, die früher mal ein Bach gewesen war, und heute saß er zweihundert Meter über dem Meer auf der Terrasse und blinzelte auf einige Quadratzentimeter Laptop, einige Quadratkilometer Treibhausdächer und einige tausend Quadratkilometer Mittelmeer. Wie konnte man bei dieser Überfülle an Licht Plots für eine Serie schreiben, die im Schwarzwald spielt?

Er dachte an Eva und Robert. Wie lang waren sie nun schon weg? Er zählte nach und kam auf eine knappe Woche. Also mussten sie in den nächsten Tagen wieder zurück sein.

Sie hatten sich die ganze Zeit über nicht gemeldet. Das musste nichts bedeuten.

Anselm fuhr hinunter nach Arma in den *Skipper* und bat Anni, telefonieren zu dürfen. Er wählte die Nummer der Concordia-Film in München und ließ sich zum »Producer für Vorabendserien« durchstellen. Es meldete sich ein Herr Duppe, »Grüß Gott!«

Guten Tag. Ob Frau Korovsky und Herr Bansemer schon bei ihm gewesen wären, wollte Anselm wissen.

»Ja, freilich«, sagte Herr Duppe, »warten Sie, das war Mittwoch.«

»Und wie ist der Stand der Dinge mit den *Wittichs*?«

Woher er von diesem Projekt wisse, und was er damit zu tun habe?

»Ich bin der Co-Autor. Feyrig ist mein Name.«

»Co-Autor. So. Davon weiß ich nichts. Haben Sie einen Vertrag mit den Beiden?«

»Sozusagen. Haben die Beiden denn einen Vertrag mit Ihnen?«

»Darüber darf ich leider nichts sagen. Tut mir Leid.«

Wenn Herr Duppe jetzt leibhaftig vor ihm gestanden hätte, hätte Anselm ihm eins in die Fresse gegeben. Er kannte diese wichtigtuerischen Wichser.

»Hören Sie«, sagte er und versuchte, das wütende Tremolo in seiner Stimme zu bändigen, »ich habe den berechtigten Verdacht, dass mich die Beiden über den Tisch ziehen wollen, und das ist dann der Fall, wenn sie mit Ihnen einen Vertrag ohne mich gemacht haben.«

»Ich darf über hausinterne Vorgänge nicht sprechen, tut mir Leid, Herr Feyrig.«

»Dann will ich Ihnen mal was sagen, Herr Duppe. Ich kenne Sie und Ihresgleichen, diese smarten, gelgestrählten und schwarz gewandeten Jungmumien, die weder ein Fünkchen Bildung noch Lebenserfahrung haben, dafür aber einen Golf GTI (ebenfalls schwarz) und ein Loft mit Blick auf den Englischen Garten. Ich sitze hier in Italien und reiß mir den Arsch auf, während die beiden mit meinen Ideen und meiner Outline hausieren gehen, und Sie ziehen sich auf Ihre beschissenen hausinternen Vorschriften zurück!«

Herr Duppe schwieg, und Anselm erwartete, dass

er einfach auflegte. Das aber tat Herr Duppe nicht. Er sagte leise: »Ich bin zweiundfünfzig, wohne in Feldmoching und fahre einen Polo Baujahr '97. Ich fürchte aber, Ihr Verdacht ist nicht ganz unbegründet.« Und erst dann legte er auf.

Diese Ratten. Diese elenden Ratten! Alles war, von Anfang an, Lug und Trug gewesen. Von Anfang an hatte er sie richtig eingeschätzt: Es war ihnen einfach aufgegangen, dass sie sich seinen Honoraranteil sparen konnten, und hatten sie ihn schon nicht durch ihre Flucht nach Ligurien abschütteln können, hatten sie ihn wenigstens noch als Lohnschreiber ausgenützt.

Herr Feyrig, Sie sind ein kompletter Idiot, hatte Elvira Trepenthin damals im *Amadeo* gesagt. Anselm nickte.

Dann zahlte er das Gespräch (darin war Anni sehr korrekt) und fuhr hinauf nach Terzorio. Zum zweiten Mal verschaffte er sich Zutritt zum Haus der beiden Ratten, diesmal nicht gewaltsam, sondern mit ihrem Schlüssel, und zum zweiten Mal fand er es leer – nur diesmal auch ohne Flügel.

Snuggles hatte den Babbo erschossen. Mit einer seiner Nazi-Pistolen, die gelegentlich das Urlaubsziel gewisser älterer Herren aus Deutschland waren. Anselm war auf dem Weg zu ihnen gewesen, um mit dem Babbo über dessen Memoiren zu sprechen, und hatte wenige hundert Meter vor ihrem Haus die Kavalkade kommen sehen. Drei Wagen voll mit Carabinieri waren an ihm vorbeigeglitten; im mittleren saß die traurige und schöne Snuggles im Fond, die Augen hinter einer großen Sonnenbrille verborgen. Als Anselm weiterfuhr, sah er vor dem Haus den Leichenwagen mit der aufgeklappten Rücktür, in der gerade der schwarze Plastiksack mit einem voluminösen Inhalt verschwand. Kein Zweifel, das musste der Babbo sein.

Es war der Babbo. Noch drei Tage später war nicht klar, ob Snuggles sich ihres Peinigers gewaltsam entledigt hatte, oder ob sie durch einen Unfall befreit worden war. Am vierten Tag war dann ihr Geständnis in den Zeitungen zu lesen, und selbst die RAI berichtete in den Abendnachrichten von der Bluttat.

Der Tod des Babbo ging Anselm nicht nahe, und wenn er die paar Vorstellungen, die dieses Dreckschwein mit Snuggles geboten hatte, hochrechnete auf ein langes Eheleben, hatte er beinahe Verständnis für ihren finalen Rettungsschuss.

Der Babbo war tot, und tot war also auch der Auftrag. Übrig geblieben war sein »Lebensmüll«, den Anselm zu Memoiren recyceln sollte. Er gehörte nun Snuggles. Er würde sie im Gefängnis besuchen und ihr die Kiste zurückgeben. Vielleicht würde ihr Inhalt ihre Skrupel lindern, sofern sie solche überhaupt hatte.

Anselm hatte bisher nicht ein Wort mit ihr gewechselt; nur einmal, in Arma, hatte sie ihm einen Zettel zugeschoben, mit der Adresse des Hauses in Pompeiana und der Uhrzeit, zu der er dort erwartet wurde. Sie war ein Phantom gewesen, unsichtbar hinter dem fetten Babbo wie damals, als sie aus dem Topolino stiegen und sie plötzlich hinter dem Koloss auftauchte.

Er bat Anni, beim Bezirksgericht in Imperia anzurufen und einen Besuchstermin für ihn zu vereinbaren, doch die winkte sofort ab, weil in italienische

Gefängnisse nur Verwandte der Einsitzenden Zutritt hätten; er solle sich aber keine Gedanken machen, Curzio würde es schon richten.

Curzio richtete es. Das Bezirksgefängnis lag direkt unter der Autostrada am Rande von Imperia. Es war pittoresk in den Hang hinein gebaut, als wolle man den Gram der Häftlinge durch den atemberaubenden Blick auf Stadt, Hafen und Meer kompensieren.

Man hielt es nicht für nötig, die Kiste des Babbo zu durchsuchen. Anselm hätte in ihm unbesorgt ein kleines Waffenarsenal mitführen können, die Vollzugsbeamten hätte das nicht interessiert. Der Schließer führte ihn in einen Besucherraum, der seit den Zeiten des Duce nicht mehr renoviert worden war, und dessen Ausstattung außer aus zwei Stühlen und einem Tisch nur aus einer Lampe und dem dazugehörenden Schalter bestand, und verschwand, ohne ein Wort gesagt zu haben. Nach zwei Minuten kam er mit einem Tablett zurück, auf dem eine Flasche Wein und zwei Gläser standen. Er schenkte ein und verließ den Raum, schweigend wie zuvor. Anselm war beeindruckt.

Nach wiederum zwei Minuten öffnete sich die Tür, und Snuggles wurde hereingeführt. *»Dieci minuti«*, murmelte der Schließer und ließ die beiden allein. Anselm hätte nun die Waffen austeilen und Snuggles mühelos befreien können.

Sie setzte sich. »Bitte sagen Sie mir Ihren Namen«, sagte Anselm. »Ich möchte Sie nicht so albern ansprechen.«

»Mein richtiger Name ist Marianne Goldsmith«, waren ihre ersten Worte. Es klang sehr amerikanisch.

»Aber nennen Sie mich Mary. Ich sehe, Sie haben seine Kiste mitgebracht.«

»Ja, ich dachte, sie gehört nun Ihnen.«

Sie schüttelte den Kopf. »Glauben Sie wirklich, ich würde auch nur einen Blick hineinwerfen? Er hat sie Ihnen gegeben, tun Sie damit, was Sie wollen.«

Anselm wusste sich nicht anders zu helfen, als zu einem Glas zu greifen. Als er merkte, dass sie keine Anstalten machte, es ihm gleichzutun, nahm er einen tiefen Schluck. Der Wein war ausgezeichnet und angenehm kühl. Dann fasste er sich ein Herz und fragte: »Warum haben Sie ihn umgebracht?«

»Ich habe ihn nicht umgebracht«, sagte sie. »Es war ein Unfall.«

»Aber die Gazetten sind voll von Ihrem Geständnis.«

»Gestehen heißt nicht unbedingt, die Tat auch begangen zu haben.«

»Hat man Sie unter Druck gesetzt?«

»O nein, alle waren sehr korrekt, freundlich.«

»Ich versteh das nicht«, sagte Anselm. »Warum bezichtigen Sie sich selbst, wenn Sie es nicht getan haben. Das ist doch absurd!«

Mary schaute ihn verwundert an. »Sie begreifen das nicht? Oh, es ist so leicht.«

»Bitte, Sie müssen es mir erklären, ich bin nicht der Klügsten einer.«

Mary lachte. »Gut, aber ich sage es Ihnen auf Amerikanisch. *I am deeply ashamed that it happened by a ridiculous accident and not by myself, and now, I have to punish myself for my fucking lily-livered life.*«

»Das ist verrückt«, sagte Anselm. »Sie sind unschuldig! Sie müssen hier raus!«

»Dieci minuti«, sagte Mary. »Ende der Redezeit!«

»Soll ich Ihnen einen Rechtsanwalt –? Ich habe gute Beziehungen!«

Aber Snuggles/Mary war wieder verstummt. Anselm wusste plötzlich, dass es keinen Sinn hatte; er würde sie nicht mehr erreichen. Er stand auf, nahm die Kiste, verbeugte sich und ging zur Tür.

»Einen Moment noch«, sagte sie. Anselm drehte sich um.

»Der Pollock im Entree in Pompeiana *ist* ein Pollock. Nehmen Sie ihn, sozusagen als Ausfallhonorar.«

Auf der Rückseite des Pollock steckte in einem durchsichtigen Kuvert das Echtheitszertifikat eines amerikanischen *Board of experts* von bestechender Seriosität, so dass bei Anselm nicht der Hauch eines Zweifels an Marys Worten aufkam. Vom *Skipper* aus rief er Helmut an, seinen Gewährsmann für Bildende Kunst aus dem *Kap*.

»Wo steckst du?« fragte der mürrisch.

»Noch in der Bredouille«, sagte Anselm. »Aber das kann sich bald ändern.«

»Und was willst du von mir?«

»Ich will von dir wissen, wie viel ein Pollock wert ist, so um die zwei mal drei Meter, signiert, mit Zertifikat.«

»Nichts. Völlig wertlos. Pollock ist Scheiße.«

»Gut, ich weiß, Pollock ist nicht Grünewald aber du sollst ihn ja auch nicht verkaufen. Sag mir nur, wie viel er für die Ignoranten wert ist.«

»Datiert?«

»1949.«

»Ah, die *drip-and-splash*-Scheiße, grauenhaft! Hat's auch einen Titel?«

»Im Zertifikat wird es mit *Number 10* bezeichnet.«

»Im Zertifikat? Heißt das, du hast das Machwerk?«

»Mag sein. Also, was schätzt du?«

Helmut überlegte, und man konnte durch die Leitung spüren, wie zuwider ihm solche Rechnungen waren. »Also, beim Händler sicher über hunderttausend Dollar, auf 'ner Auktion ein Mehrfaches, bei mir keinen Pfennig. Der hat ja noch nicht mal gemalt!«

Anselm wurde auf der Stelle schwindlig. »Helmut«, hauchte er, »du verarschst mich nicht!«

»Nee, nee, ich untertreib höchstens. Die *Nummer 10* von der '49er Serie ist, glaub ich, die einzige, die noch nicht im Museum hängt.«

Helmut hasste selbst die Andeutung einer Abstraktion in der bildenden Kunst, wusste aber alles darüber. Anselm bedankte sich, versicherte, dass er bald wieder zurück sein würde, ließ Tarzan aufs Artigste grüßen.

»Tarzan?« Helmut wusste offensichtlich nichts mit diesem Namen anzufangen.

»Tarzan, die Bettwurst auf Rollen!«

»Du meinst den Hund?«

»Das war ein Hund?«

»Der ist tot«, sagte Helmut ohne eine Spur von Trauer oder auch nur zarter Anteilnahme. »Selbstmord.«

Es hatte keinen Zweck. Selbstmord. Aber unmöglich war es nicht.

Aber an Trauer über den Hund, der ultimativ Pfote an sich gelegt hatte, war nicht zu denken. Wenn es ihm gelang, den Pollock zu verkaufen, war er aller Sorgen ledig.

Quatsch: Reich!

Vom Capo, wem denn sonst, erfuhr Anselm innerhalb von Stunden, wer an einem Pollock interessiert sein konnte, die Galerie Johnson, Ford & Héberlin in Monte Carlo. Als er mit einem *représentent* des Hauses telefonierte, um einen Termin wegen eines Jackson Pollock zu machen, behauptete dieser zunächst, keinen Künstler dieses Namens zu kennen. Erst nach langsamem Buchstabieren rief er erfreut: »Ah, Chacsonne Polloque!« und lud ihn gleich auf den nächsten Tag in die Rue Rainier III ein, gleich gegenüber dem Casino, *»vous ne pouvez manquer ça du tout!«*

Nein, die Galerie Johnson, Ford & Héberlin konnte man nicht verfehlen. Anselm wäre nicht verwundert gewesen, wenn Johnson und Ford die beiden Ex-Präsidenten der USA persönlich gewesen wären. Gab es mal einen französischen Präsidenten namens Héberlin?

Am Empfang präsidierte jedenfalls Stéphane Audran. Sie war bereits informiert über den Besuch von Monsieur Férique, und telefonierte nach einer Begleitung für Monsieur Férique in die zweite Etage. Die Begleitung war Vanessa Paradis.

In der zweiten Etage empfing ihn Monsieur Héberlin persönlich; der *représentent* hatte wohl wegen Anselms eigenwilligem Französisch die Anwesenheit einer Dolmetscherin empfohlen. Warum Fanny Ardant ihre Filmkarriere zugunsten einer Übersetzertätigkeit aufgegeben hatte, würde wohl stets ein Geheimnis bleiben.

Monsieur Héberlin sagte etwas sehr Schnelles, woraufhin Madame Ardant in entzückendstem Deutsch Anselm fragte, ob man ihn richtig verstanden habe, dass er einen Polloque zum Kauf anbiete. Anselm konterte mit einem lässigen *»Bien sûr«*. Dann erläuterte er, um welches Bild es sich handelte, und als er dessen Titel, die *Numéro dix*, nannte, schien es mit Monsieur Héberlins Contenance für den Bruchteil einer Sekunde nicht zum Besten zu stehen. Anselm freute sich und sagte: *»Avez-vous quelque chose à boire pour moi?«*

Erschreckt fuhr Monsieur Héberlin auf aus seinem Sessel und fragte ihn nach seinem Wunsch.

»Am liebsten irischen Whiskey, aber zur Not geht auch Champagner.« Fanny übersetzte, Monsieur Héberlin orderte, und es dauerte nicht eine Minute, bis ein großer Humpen Whiskey vor ihm stand, serviert von Jane Birkin in der Blüte ihrer Jugend.

»Sans glace, sil vous plaît«, bat Anselm.

Not entstand, Verwirrung, Ratlosigkeit. Monsieur Héberlin fing sich und sagte »Sans glace!« in sein Mikrofon. Die junge Jane tauschte die Gläser aus, und als Anselm seinen Schluck genommen hatte, war Monsieur Héberlin wieder Herr der Lage und bat Anselm um einen Echtheitsnachweis – *»vous savez, Polloque est facile à falsifier«*.

Anselm zog das Zertifikat aus der Tasche und reichte es dem Kunsthändler. Der entfaltete es, und als er den Namen des *Board of experts* las, wiederholte sich die Contenanceschwäche, wenn auch ins Positive gewendet. Das sei eine wunderbare Referenz, ließ er ausrichten, jetzt gehe es nur noch um den Besitznachweis.

Es handle sich um eine Schenkung, erläuterte Anselm; die Donatorin sei Madame Marianne Goldsmith, zur Zeit wohnhaft in Imperia, Italia. Wenn es nötig wäre, könne man mit ihr Kontakt aufnehmen; ihre Adresse sei Justizvollzugsanstalt Oneglia, Imperia.

Fanny hatte den Begriff »Justizvollzugsanstalt« nicht in ihrem Repertoire, und so half ihr Anselm mit dem ihr bekannten Wort *prison.*

»Prison?« fragte Monsieur Héberlin erschüttert, *»voulez-vous dire que Madame est une détenue?«*

Anselm nickte. *»Malheureusement, mais seulement en prévention«*, sagte er beruhigend. *»Et heureusement innocente, je vous jure.«*

»Alors«, sagte Monsieur Héberlin erleichtert, *»j'en suis bien heureux.«*

Man einigte sich schließlich darauf, dass Anselm am nächsten Tag mit dem Bild wiederkommen sollte; nach einer eingehenden Begutachtung würde man dann über den Preis verhandeln.

Dass Johnson, Ford & Héberlin den Polloque kaufen wollte, stand außer Frage.

Monsieur Héberlin und die Dolmetscherin warteten bereits, als Anselm das Büro in der zweiten Etage betrat.

Zwei junge Männer hatten ihm die sechs Quadratmeter gut verhüllter Leinwand, die er einfach aufs Dach geschnürt hatte, unten abgenommen und vor ihm her nach oben getragen. Jetzt setzten sie das flache Paket auf eine bereitstehende Staffelei und verließen den Raum.

Monsieur Héberlin erhob sich und reichte Anselm die Hand. Via Fanny Ardant teilte er ihm mit, wie glücklich er sei, dass das Bild und Anselm wohlbehalten in Monaco angelangt seien, und dass er darauf brenne, das Meisterwerk bewundern zu dürfen.

Es war nicht einfach, Meister Pollock zu befreien. Anselm hatte zwei Sätze Bettwäsche aus dem Nachlass des Babbo um den Rahmen geschlungen und mit einigen Metern Wäscheleine gefesselt. Als die letzte Hülle fiel, geriet Monsieur Héberlin und ein wenig auch die Übersetzerin in Verzückung.

»Numéro dix«, murmelte er ein ums andere Mal und beendete die Wiederholung des Werktitels schließlich mit einem gehauchten *»un chef-d'œuvre, vraiment!«*

Sodann begann eine seltsame Metamorphose mit dem Pollock-Verehrer. Sein schwärmerischer Gesichtsausdruck verwandelte sich fast übergangslos in eine harte, fast brutale Grimasse.

Er sagte einige kalte Sätze, die Fanny Ardant folgendermaßen übersetzte: Man habe zwar gestern vereinbart, über den Preis des Bildes zu verhandeln, aber das Ergebnis einiger Recherchen habe eine neue Situation geschaffen. Das Bild sei vor vierzehn Jahren aus Privatbesitz entwendet worden, wäre demnach Diebesgut und unverkäuflich. Es gäbe nun zwei Möglichkeiten: Entweder hole er die Polizei und ließe Monsieur Férique verhaften, oder Monsieur Férique überließe das Bild der Galerie und trolle sich.

Anselms Gedanken tanzten den fürchterlichen Cancan. Sollte er so kurz vor dem Ziel noch ausgebremst werden? Bluffte Héberlin, oder verhielt es sich wirklich so, wie er sagte? Die Polizei war jedenfalls das Letzte, was Anselm jetzt brauchen konnte.

»Moment«, sagte er, »ich muss überlegen.«

»Überlegen Sie gut«, ließ Monsieur ausrichten.

»Woher weiß ich, dass Sie die Wahrheit sagen. Sie können mir ja einen vom Pferd erzählen.«

An dieser Redewendung scheiterte Fanny, und Anselm musste umformulieren.

An sich habe er es nicht nötig, etwas zu beweisen, ließ Monsieur wissen, aber er wolle eine Ausnahme machen. Er warf Anselm eine alte Zeitschrift in den Schoß, *Arts Quarterly* von 1985; er solle die Seite 16 aufschlagen. Tatsächlich wurde dort über den Raub der *Number 10* berichtet, gestohlen aus der Villa eines Irgendwas aus Key West, Florida. Der Wert des Bildes wurde auf sieben Millionen Dollar beziffert.

»Alles hat seine zwei Seiten«, sagte Anselm.

Was er damit meine.

»Es wäre mir natürlich unangenehm, wenn Sie die Polizei holten.«

Das könne er sich vorstellen.

»Andererseits würde sie das Bild sofort beschlagnahmen, und das wäre natürlich Ihnen unangenehm.«

Darauf sagte Monsieur nichts, und so konnte Anselm in seinem Gedankengang fortfahren. »Ich muss Sie also nur noch davon überzeugen, wie – verzeihen Sie – scheißegal es mir ist, im Knast zu landen, und wir könnten uns einigen.«

Monsieur verlieh seiner Überzeugung Ausdruck, dass Anselm bluffe. Das tat er allerdings so unhöflich, dass Fanny sich genötigt sah, einige Formulierungen in der Übersetzung abzuschwächen, wie selbst Anselm bemerkte.

»Eins ist doch klar«, sagte Anselm, »Sie sind ungleich schärfer auf das Bild als ich auf die Kohle.« Auch bei der Kohle gab es ein übersetzungstechnisches Problem, das aber schnell bewältigt wurde.

Monsieur Héberlin hatte die Hände gefaltet und versteckte hinter diesem Knäuel von spinnendürren Fingern sein Gesicht. Wohl rang er mit sich.

»Stellen Sie sich nur vor«, setzte Anselm nach, »die *Numéro dix* wäre für immer verschwunden. Und gerade jetzt sind Sie so nah dran!«

Héberlin gab sein Versteck auf und ließ übersetzen: Was er, Anselm, denn für ein Arrangement im Auge habe, sollte er die Polizei aus dem Spiel lassen.

»Ich hatte da an eine gewisse, nun, sagen wir: Aufwandsentschädigung gedacht oder eine Kompensation für zerstörte Hoffnungen.«

In welcher Größenordnung er denn denke.

»Präzise: 99.666,66 Mark. Mark, keine monegassischen Francs.«

»Quelle somme curieuse.« Héberlins Lachen war nur an den meckernden Tönen zu erkennen, sein Gesicht blieb seltsam verzerrt. Anselm glaube doch nicht im Ernst, dass er auf diese Forderung eingehe. Er werde jetzt die Polizei rufen, Anselm könne sich die Sache bis zu ihrem Eintreffen überlegen.

Tatsächlich griff er zum Telefon und drückte auf die Taste der Mithöranlage. Er wählte. Es meldete sich das Département de police de la Principauté de Monaco, und Héberlin ließ sich ins Kriminalkommissariat durchstellen. Fanny übersetzte.

Héberlin nannte seinen Namen und den des Geschäfts und ließ seinen Gesprächspartner, einen Commissaire Incompréhensible, wissen, dass er einen Hehler deutscher Staatsangehörigkeit festgesetzt habe, und schlug vor, dass Monsieur le Commissaire unverzüglich kommen solle, um ihn dingfest zu machen.

Nach dem »*Tout de suite!*« des Polizisten nannte er noch die Adresse, *2ième étage*, und legte auf.

Anselm und Héberlin saßen sich schweigend gegenüber. Fanny, an der Stirnseite des Schreibtischs, hätte beinahe an einem ihrer langen, roten Fingernägel geknabbert, ließ es dann aber doch. Letztlich siegte der Wille zur Makellosigkeit über ihre Nervosität.

Anselm betete, dass er Héberlin richtig einschätzte, und rechnete sich trotz des Anrufs immer noch gute Chancen aus. Er kannte Héberlins Blick. Es war Ediths Blick. Er hatte sie mit einem Capri-Eis dazu gebracht, ihm einiges zu zeigen, als sie beide acht waren. Älter als acht war Héberlin auch nicht, und ein Pollock war nicht schlechter als ein Capri-Eis.

»*Vous avez encore besoin de moi?*« fragte Fanny. Héberlin schüttelte den Kopf und sagte nur: »*Va-t-en!*« Und schon war sie verschwunden.

Beide hielten ihr Schweigen durch. Es gab ja auch nichts zu reden. Es gab Nerven zu bewahren und Entscheidungen zu treffen.

Die Entscheidung kündigte sich an, als es an der Tür klopfte. »*Entrez!*« rief Héberlin.

Trotz seiner Anspannung bewunderte Anselm die prächtige Uniform eines Dieners seiner Durchlaucht Fürst Rainier IV. von Monaco. Was für ein Auftritt! Mit Strammstehen und Salutieren! Die Troddeln an den Epauletten wirbelten beeindruckend.

Héberlin ging ihm entgegen, fing ihn ab, bevor der Kommissar noch den Raum betreten konnte, und redete auf ihn ein. Anselm verstand eine Zeit lang nicht, was er ihm mitzuteilen hatte, aber als er das Wort *malentendu* in Héberlins Suade erkannte, wusste er, dass er ihn weich gekocht hatte. Missverständnis, alles okay, *pardon, de rien, mille mercis, au revoir.*

»Vous avez des bons nerfs!«

»Je n'avais rien à perdre. Ça c'est la différence!«

Für derlei Floskeln reichte Anselms Französisch, aber nicht für die geschäftlichen Verhandlungen, die nun anstanden. So wurde Fanny wieder herbeizitiert, die sich offensichtlich wunderte, warum Anselm noch frei herumsaß.

In ein paar Sekunden war Monsieur Héberlin wieder der seriöse Geschäftsmann und Kunstliebhaber. In verbindlichstem Ton ließ er seine Frage übersetzen, warum Anselm auf dieser merkwürdigen Summe bestehe; ihm sei doch darüber hinaus sicher klar, dass er weitaus mehr hätte herausschlagen können.

Anselm griff diesen schönen Gedanken auf und erhöhte auf einhunderttausend; die seien unkomplizierter zu beschaffen und leichter zu zählen. Monsieur Héberlin fand die Aufstockung akzeptabel, bat aber um eine Frist von zwei Stunden, die er brauche, um die Summe aufzutreiben.

Anselm mäandrierte wie betäubt durch die Gassen Monte Carlos hinunter zum Hafen. Das Leben der letzten Wochen konnte unmöglich das Seine gewesen sein. Es gab keine andere Erklärung für diese Existenz, als dass er zu einem anderen Wesen mutiert war.

Es ist ja nicht ungewöhnlich, irgendwann in Monte Carlo zu landen, das geschieht hunderttausend Menschen jedes Jahr; dort aber mit einem schurkischen Kunsthändler über einhunderttausend Mark zu verhandeln, und das mit einem Bein in monegassischer

Untersuchungshaft, schien ihm so unwirklich wie die Tatsache, dass diese Hunderttausend in spätestens zwei Stunden ihm gehören würden.

Er dachte an Mary, der er ja letztlich diesen Deal verdankte. Sie hatte den Babbo vermutlich erschossen, weil er sie Snuggles genannt hatte, und Anselm den Pollock geschenkt, weil sie ihn durch ihre Tat um einen lukrativen Auftrag gebracht hatte. Dass der Pollock geklaut war, konnte sie vielleicht nicht wissen, aber dass nicht alle Kunsthändler dessen Qualitäten so gering schätzten wie Helmut, mochte sie geahnt haben. Anselm wurde es schlecht bei dem Gedanken, dass sich die ehedem stumme und nun stille Mary auf diese fürchterliche Weise für ihr falsches Leben bestrafte. Auch wenn sie es ihm verböte, musste er sehen, was er für sie tun konnte.

Der Hafen von Monte Carlo bot eine einzige Musterschau der größten und geschmacklosesten Yachten. Anselm hatte diese Schiffe bisher nur in Filmen gesehen und dort für die spätpubertären Wunschträume von Regisseuren gehalten, die sich ihre eigenen noch verdienen wollten. Nun sah er sie hier in einer Anzahl, wie sie zuletzt wohl die spanische Armada gegen die Briten aufgeboten hatte, und einer Vielfalt, die nur die Synergie von größenwahnsinnigen Eignern und skrupellosen Designern hervorzubringen imstande ist. Eine bizarre nautische Freakschau: von der stolzen Dreimastbark aus teakfarbenem Kunststoff bis zum mit schweinchenrosa Pelz überzogenen Riesenkatamaran war so ziemlich alles aufgeboten, was noch unter der Kategorie Schwimmkörper subsumiert werden konnte, und es hätte Anselm nicht gewundert, wenn er in diesem Gewimmel auch eine Galeere mit einer Mannschaft Verdammter an den Rudern entdeckt hätte.

Eine Yacht fiel ihm besonders auf, wohl deshalb, weil sie ihn an ein Schlachtschiff, eher einen Flugzeugträger erinnerte, in ebendem gefährlichen hellen Grau gestrichen, wie es das Meer an verhangenen Tagen trägt, die einem Unwetter vorangehen. Sie war im Vergleich zu vielen anderen nicht besonders groß, und doch reichte es zu einem Pool auf dem Vorderdeck, in dem man eine nationale Schwimmmeisterschaft hätte abhalten können. Zwei Figuren waren an Deck, Kerle in schwarzen Anzügen, die an ihnen wie Uniformen wirkten, mit schwarzen, glänzenden Haaren und schwarzen, matten Maschinenpistolen über der Schulter, die Augen hinter quecksilberschwarzen Sonnenbrillen verborgen.

Anselm setzte sich auf eine Bank neben einen älteren Herrn, der Yacht gegenüber, so dass der Anfang des Stegs kaum vier Schritte von ihm entfernt war. Was waren das für sinistre Zwillinge, was bewachten sie? Geraubte, gehehlte Beute aus den Schatzkammern dieser Welt? Staatsgeheimnisse, Formeln für die Produktion von verheerenden Vernichtungsmitteln oder ewige Jugend spendende Kosmetika? Und wenn es nur die Ruhe ihres Herrn war, die sie bewachten: Was hatte er angestellt, um den Zorn von Gegnern hervorzurufen, die man mit diesen Mitteln abschrecken zu müssen glaubte? Wie um alles in der Welt, fragte sich Anselm, konnte es möglich sein, dass mitten in Europa (nun ja, im Süden) zwei unberechenbare Gorillas auf einer Möchtegern-Fregatte unbehelligt mit Waffen paradierten, die imstande waren, in wenigen Sekunden eine Strandpromenade zu entvölkern?

Gern hätte er seine Gedanken dem älteren Herrn neben sich mitgeteilt, doch zog er es aus Einsicht in die Insuffizienz seiner französischen Ausdrucksmöglichkeiten vor, ihm lediglich die Frage zu stellen, ob er wisse, wem diese Yacht gehöre.

»O ja, das weiß ich«, sagte sein Nachbar in reinem Schweizer Tonfall. »Sie gehört mir.«

»Oh, pardon«, sagte Anselm, objektiv unsinnig, subjektiv aber durchaus verständlich angesichts seiner vernichtenden Meinung über das Boot. Der ältere Herr aber schien verstanden zu haben: »Sie mögen das Boot nicht?«

»Ich verstehe nichts von Booten«, sagte Anselm ausweichend.

Der ältere Herr lächelte so, als habe er es lange Zeit nicht getan; eigentlich sah er nicht so aus, als sei er in der Lage, den Zorn anderer Menschen zu entfachen. Hätte er sich nicht als Besitzer dieser martialischen Yacht zu erkennen gegeben, hätte Anselm wohl eher auf Buchhändler mit Neigung zu esoterischer Literatur getippt.

»Es stören Sie die beiden Herren auf dem Vorderdeck, nicht wahr?« fragte der Schweizer Bootsbesitzer.

»Weniger die Herren«, sagte Anselm, »als ihre Ausrüstung. Ist denn die Yacht so wertvoll?«

Sein Nachbar schüttelte ganz leicht den Kopf. »Nicht die Yacht. Ihr Inhalt.«

Anselm gab sich einen Ruck und teilte ihm seine eben angestellten Vermutungen mit. Der ältere Herr schien geneigt, das längst vergessene Lächeln erneut üben zu wollen. Aber immer noch klappte es nicht so recht. »Nein, nein«, sagte er nach einer Pause: »Keine Formeln, kein Diebesgut. Etwas viel Wertvolleres!«

Anselm war sich unschlüssig, ob er nachfragen sollte, wog die Risiken der Indiskretion ab, entschied sich, nicht zu fragen, und fragte dann doch: »Etwas Wertvolleres?«

»Meine Tochter«, sagte der Herr. »Sie ist zwölf Jahre alt. Im vorigen Jahr ist sie entführt worden, und seitdem lasse ich sie von Bodyguards bewachen. Ich weiß, statistisch gesehen wird es nie wieder passieren, aber ich kann nicht anders.«

»Ich muss mich bei Ihnen entschuldigen«, sagte Anselm. Er wusste nicht, warum er das sagte, aber er meinte es so.

»Sie müssen sich nicht entschuldigen. Ich mag diesen Anblick ja auch nicht, aber ich denke, man sollte sie sehen. Im übrigen sind die Herren recht nett. Meine Tochter hängt sehr an ihnen.«

»Herr Feyrig, Sie sind ein kompletter Idiot«, sagte Anselm.

Der Herr erhob sich, verbeugte sich ein wenig und sagte: »Sehr angenehm, Hungerbühler.« Diesmal gelang ihm das Lächeln beinahe. »Ich nehme an, dies war ein Zitat.«

Ja, es war ein Zitat. Und die Wahrheit.

Als Anselm in die Galerie zurückkehrte, hatte er den freundlichen Herrn Hungerbühler kennen gelernt, Direktor der eidgenössischen Bank Hungerbühler und Egli, Luzern, im Ruhestand, dessen »Angestellte«, von denen einer im Hauptberuf Koch, der andere

Sommelier war, und Hungerbühlers Tochter Juliette, die ihn zwei Millionen Franken Lösegeld gekostet hatte, aber deutlich mehr wert war. Er hatte festgestellt, das die Yacht ein angenehmer Ort war und keine militärischen Assoziationen zuließ. Und er hatte zwei Caipirinha getrunken und fühlte sich als Sieger.

Keine zehn Minuten später war er es auch. Er bekam seinen Widersacher zwar nicht zu sehen, dafür aber ein braunes Kuvert aus Fannys Hand. Es war enttäuschend dünn, doch stimmte sein Inhalt durchaus mit der vereinbarten Summe überein, wie Anselm nach dem Zählen der hundert Scheine feststellte. Ihm wäre es lieber gewesen, Héberlin hätte zehntausend Zehn-Mark-Noten in einen Koffer gestopft.

Er hatte es geschafft. Die Not war vorbei. Er konnte sich bei der Bank auslösen, seine Schulden bezahlen und hatte darüber hinaus noch genug Geld, um in Ruhe überlegen zu können, wie das Leben weitergehen sollte.

Dennoch mochte sich das unbedingte Gefühl von Freude nicht einstellen; es war, als habe er es verlernt, oder als sei er zu erschöpft. Als er in seinen Wagen stieg, zog er die zehn Scheine aus dem Umschlag und fächerte sie auf wie ein Kartenblatt. Er roch an ihnen. Es stimmte. *Pecunia non olet.* Er hatte es sich letztlich selbst erkämpft, hatte sich gegen eine Ratte wie Héberlin durchgesetzt. Wie er das geschafft hatte, wusste er nicht genau. Aber es war ein großartiges Gefühl.

Zwischen Ventimiglia und Bordighera kaufte er sich in einem Dorfladen Zigaretten, eine große Flasche Wasser und süßes Gebäck, das er nicht kannte, das ihn aber durch die blauviolette und giftgrüne Tönung seiner Glasur auf der Stelle animiert hatte. Er stieg wieder in den Wagen, und als er sich die erste Zigarette seit Tagen anzünden wollte, klopfte es an die Scheibe. Er sah eine riesige Koppelschnalle und den Teil einer imposanten Schärpe.

Anselm stieg aus. Vor ihm stand ein schmucker junger Mann in Uniform, der sich als »Guardia di Finanza« vorstellte. Anselm verstand aus dessen knappen Ausführungen nur so viel, dass er ihm seine *»ricevuta«* aushändigen solle.

Was denn eine *»ricevuta«* sei?

Der Beamte zauberte eine Reihe von Falten auf seine Stirn. Ob er nicht italienisch spreche?

No. Scusi.

Der Beamte winkte einen Kollegen herbei, der an dem blauen Fiat stand, auf dem Anselm »Guardia di Finanza« las. Es war also nicht der Name des Beamten gewesen. Wache für Finanzen. Finanzpolizei?

Der Kollege kam und erklärte ihm in tadellosem Italo-Deutsch, *»ricevuta«* sei »diese kleine *carta*, du kriegeste an Kasse vor die Rechnung«.

Ah, den Kassenbon, verstand Anselm. »Den hab ich nicht mehr.«

»Nikkese gutte vor dich«, sagte der sprachkundige Kollege. »Musse bezahle!«

»Was musse bezahle? Ich hab bezahlt!«

»Musse bezahle Strafe.«

»Ich hab doch nichts getan. Ich hab mir Wasser gekauft und Zigaretten.«

Der Beamte fuhr unwirsch mit den Fingern durch seinen Schnauzbart. Er überlegte wohl, ob er Anselm seine Unwissenheit abnehmen könne oder böse werden sollte. Dann unternahm er einen Erklärungsversuch in einem Ton, der keinen Zweifel daran ließ, dass es der erste und letzte sein würde. Er sagte, die *»ricevuta«* sei vom Käufer unbedingt aufzubewahren; werde er in einem Umkreis von hundert Metern nach dem Kauf kontrolliert und könne sie nicht vorweisen, gelte das nach italienischem Recht als Steuerhinterziehung und werde empfindlich geahndet.

Das höre er, sagte Anselm, *»per la prima volta«*; es täte ihm wirklich Leid, und er wolle sich das nächste Mal daran halten.

Der Beamte nickte zufrieden, entnahm einer Ledertasche ein Formular, schrieb darauf ein wenig herum und reichte es Anselm. Seine Zufriedenheit galt lediglich Anselms löblichem Vorsatz, ging aber nicht so weit, dass er ihm das Strafgeld erließ. 10 000 Lire.

So viel habe er nicht bei sich, sagte Anselm.

Das sei bitter für ihn, denn nun müsse er auf die Wache mitkommen; dort würden seine Personalien aufgenommen und Strafanzeige gestellt.

Ob er nicht in Devisen bezahlen könne?

Si, Deutschmark? Als Anselm nickte, zog der Beamte einen Taschenrechner hervor und tippte die entsprechenden Zahlen ein. Er zeigte Anselm das Display. 270 Mark. Das war nicht schön, aber er hatte es ja. *»Uno momento«*, sagte er und bückte sich in den Wagen. Der Beamte legte seine Hand an den Pistolengriff.

Anselm griff in den Umschlag und zog einen der Tausender hervor. Dieser Tausender aber war in der Enge der Tüte mit seinem unter ihm liegenden Pendant zwischenzeitlich eine so innige Verbindung eingegangen, dass er es einfach mitnahm, und weil sich dieser Zusammenhalt von Schein zu Schein fortgesetzt hatte, lagen schließlich sieben Tausender auf dem Beifahrersitz.

»Isse viel Gelte«, sagte der Beamte anerkennend.

»*Si.* Geschäfte.«

»Geschäfte, ah. – Du makst Geschäfte wo?«

»Monte Carlo.«

»Monte Carlo, ah. – Isse noch Gelte in Umslak?«

»Un poco.«

»Dona me.«

»Ich gebe Ihnen die zweihundertsiebzig Deutschmark, den Rest können Sie mir in Lire wiedergeben!«

»Dona me!« sagte der Beamte, und als Anselm sich nicht rührte, griff er an ihm vorbei und nahm den Umschlag an sich. Nachdem er dessen Inhalt gewertet hatte, pfiff er spontan die ersten Takte der Ouvertüre zu *Don Pasquale.* »Donizetti«, sagte er anerkennend. »Wasse vor Geschäfte in Monte Carlo?«

»Ganz normale Geschäfte. Kunsthandel. Ich habe ein Bild verkauft. Ist das so ungewöhnlich?«

Anstatt ihm seinen Standpunkt über die Ungewöhnlichkeit eines Bildverkaufs in Monaco darzulegen, fragte ihn der Beamte nach einem Kaufvertrag oder wenigstens einer Quittung.

»Ich hab keinen Vertrag. Wir haben das Geschäft per Handschlag gemacht. Das ist so üblich im Kunsthandel.«

Der Beamte lachte herzlich. »Handschlag!« wiederholte er mehrere Male und setzte seinen Kollegen vom Stand der Befragung in Kenntnis. Der aber kam offensichtlich zu einer anderen Bewertung der Sache hinsichtlich ihres Heiterkeitspotenzials und ordnete an, dass Anselm seinen Wagen abschließen und mit ihnen kommen sollte. Das Geld sei vorübergehend beschlagnahmt.

»Ich glaube, Sie machen sich völlig falsche Vorstellungen von Ihrer Lage, Herr Feyrig«, sagte Dr. Brunner. »Es geht hier nicht um Peanuts. Es geht hier um Beträge, bei denen Sie Ihres Lebens nicht mehr froh werden, wenn Sie ihre Herkunft nicht nachweisen können, oder wenigstens beweisen können, dass sie rechtmäßig erworben wurden.«

Dr. Brunner war der deutsche Anwalt, den der Capo besorgt hatte. Die Beamten der Guardia di Finanza hatten Anselm noch am selben Abend verhört und, als sie immer dieselbe Geschichte zu hören bekamen, ihm schließlich erlaubt, in Arma di Taggia anzurufen. Um sieben Uhr in der Frühe wurde Anselm in den Besucherraum geführt, wo Dr. Brunner schon auf ihn wartete.

»Aber ich hab Ihnen die Geschichte so erzählt, wie sie wirklich ist. Warum muss man sich denn rechtfertigen, nur weil man eine größere Summe Kohle bei sich hat? Ich versteh das nicht!« Anselm hatte eine furchtbare Nacht hinter sich; gegen dieses Drecksloch war Marys Zelle in Imperia ein Luxusapartment gewesen. Man hatte ihm sein Feuerzeug, seinen Gürtel und die Schnürsenkel abgenommen, eine vollkommen verdreckte Decke in die Zelle geworfen und das Licht ausgemacht. Da war es neun Uhr, und bis gegen fünf hatte er keinen Schlaf gefunden. Ihm kamen seine berserkerhafte Umtriebigkeit der letzten Tage und sein vollkommen sinnloser Kampf um den Pollock lächerlich vor. Er dachte an Rita, und dass er sie nun schon den vierten Tag nicht gesehen hatte. Sie fehlte ihm. Er war ein tumber Tor.

Und als er schließlich eingeschlafen war, hatte er einen Traum, den er niemandem erzählen würde.

»Ich will Ihnen die Geschichte gern glauben«, sagte Dr. Brunner, »aber sie ist in Ihrem Falle die denkbar ungünstigste. Hätten Sie gesagt, das Geld ist Ihre Urlaubskasse, Sie seien nun mal ein anspruchsvoller Mensch, hätte der *maresciallo* wohl geschluckt, aber er hätte letztlich nichts gegen Sie unternehmen können seit Schengen. So aber, und jetzt hören Sie mir gut zu, so aber müssen sie von einem unsauberen Deal ausgehen, und jeder Richter wird ihnen Recht geben.«

»Und wie soll es jetzt weitergehen?«

»Wir werden zuerst versuchen, Sie gegen Kaution freizukriegen. Das ist möglich, wenn Sie nur wegen einfachen Betrugs und Steuerhinterziehung belangt werden.«

»Und wenn nicht?«

»Wenn – und das ist der wahrscheinlichere Fall – wenn man gegen Sie wegen des Verdachts auf Geldwäsche und Teilhabe an der O. K. ermittelt. Da ist die italienische Justiz ganz empfindlich geworden.«

»Organisierte Kriminalität? Ich? Ich bin plötzlich ein *mafioso*? Das ist doch – kompletter Schwachsinn!« Anselm tanzte in seiner Zelle herum wie ein Derwisch. »Warum nehmen sie den sauberen Herrn Héberlin nicht hoch? Der kann doch meine Angaben bestätigen!«

Die Miene Herrn Dr. Brunners changierte ins Mitleid.

»Ich weiß, ich weiß«, sagte Anselm, dem trotz seiner

Exaltation die Absurdität seines Vorschlags bewusst war. »Héberlin wäre der Letzte, der irgendwas bestätigen würde.«

Dr. Brunner sah ihn nachdenklich an. »Héberlin sicher. Aber sagten Sie nicht, dass da ständig eine Dolmetscherin anwesend war?«

»Das schon, aber die ist doch auch nur eine Kreatur Héberlins.«

»Mag sein. Objektiv ist sie erst mal eine Zeugin.« Er räumte seine Notizen und das Aufnahmegerät zusammen und stand auf. »Gut, wir werden erst mal so schnell wie möglich Kaution beantragen, und dann sehen wir weiter.«

Er gab Anselm die Hand und wünschte ihm alles Gute, und Anselm hatte den Eindruck, dass er es sogar ernst meinte.

Am nächsten Morgen, um die gleiche Zeit, kam Brunner wieder. Und er kam nicht allein. In italienische Gefängnisse kommen außer dem Gefangenen selbst nur deren Advokaten und engste Familienangehörige – und der Capo. Er kam auf Anselm zu und umarmte ihn.

»Mein Junge«, sagte er, »du machst mir Sorgen. Ein Gefängnis ist nichts für dich. Es bringt dich um. Also werden wir jetzt alle die Zelle verlassen und nach Hause gehen.«

Don Curzio und Brunner hatten die zuständigen Stellen davon überzeugt, dass eine Kaution im Augenblick die geeignete Maßnahme zur »Vermeidung internationalen Aufsehens« war, wie sich der Capo ausdrückte.

Die Beamten gaben Anselm sogar sein apart gefärbtes Gebäck zurück, und nun erst wurde ihm klar, dass er seit zwei Tagen nichts mehr gegessen hatte. *»Fortunati«*, sagte der Capo, »*fortunati* bringen Glück!« Anselm verschlang einen *fortunato* nach dem anderen, bis die Tüte leer war. Don Curzio hatte den ihm angebotenen mit den Worten abgelehnt, er sei ein alter Mann und brauche kein Glück mehr.

Als sie vor dem Gefängnis standen, hielt der Capo ein, und Brunner ging einige Schritte weiter. »Hör zu, mein Junge«, sagte er und ergriff Anselms Hand. »Wir werden dich jetzt nach Pompeiana zurückfahren, dort packst du das Nötigste ein, steigst in dein Auto und fährst zurück nach Deutschland oder wohin du immer willst.«

Anselm schwieg. Wenn der Capo ihm eine Erklärung geben wollte, würde er es schon tun.

»Wir haben den Fall genau bedacht«, fuhr Don Curzio nach einer Pause fort. »Wie wir es auch drehen und wenden, es wird zu einer Anklage kommen, und du gehst dahin zurück, woher du heute kommst – und das für einige Jahre. Ich kenne deine Geschichte, Brunner hat sie mir erzählt. Du hast dich dumm verhalten, aber du warst mutig. Sie sollen dich nicht haben.«

»Sie werden mich auch in Deutschland finden, Don Curzio.«

»Ich weiß nicht, was dich in Deutschland erwartet, mein Junge, aber hier werden dich die Behörden vergessen. Glaub mir, italienische Justizbeamte sind vergessliche Leute.«

»Und die Kaution? Was ist mit der?«

Don Curzio lächelte. »Sie ist der Preis der Vergesslichkeit.«

»Ich kann das nicht annehmen«, sagte Anselm. »Warum tun Sie das alles für mich, Don Curzio?«

»Weil du sozusagen zur Familie gehörst. Und die Familie ist heilig.«

»Es ehrt mich, Don Curzio, dass Sie mich zu Ihrer Familie zählen, aber …«

»Du kannst mich nicht verstehen, mein Junge, und deshalb sage ich es dir – unter der Bedingung, dass du keinem Menschen davon erzählst, keinem, verstehst du?«

»Sie haben mein Wort, Don Curzio.«

»Rita liebt dich. Das hat sie mir gesagt. Du machst sie glücklich, hat sie mir gesagt.«

Anselm verstand immer noch nicht. »Ich liebe sie ja auch, aber was hat das mit Ihnen zu tun?«

»Rita ist meine Tochter. Sie weiß es nur nicht.«

»Und ich bin Ihr Sohn und weiß es auch nicht.« Anselm merkte, dass seine Reaktion ungehörig war, aber der Capo grinste. »Du kannst es ja noch werden«, sagte er.

»Und wie kommt sie hierher, wenn sie es nicht weiß?«

»Das hat Anni eingefädelt, sehr geschickt und sehr diskret. Sie ist einfach nach Tübingen gefahren, wo Rita damals lebte, und hat sich mit ihr angefreundet.«

»Also ist Anni –«

»*No, no*, das war vor Annis Zeit. Niemand weiß davon, und niemand soll es erfahren.«

»Aber warum nicht? Ich bin sicher, dass Rita stolz wäre, Sie zum Vater zu haben!«

»Ich wäre aber nicht würdig, ihr Vater zu sein«, sagte Don Curzio. »Wie sagt Euer Philosoph? Es gibt kein richtiges Leben im falschen.«

Anselm überlegte. Der Capo hatte Recht. Er hatte nichts gegen Héberlin in der Hand, das Geld bliebe in alle Ewigkeit konfisziert, und wenn er sich vorstellte, auch nur einen weiteren Tag in seinem Verlies zubringen zu müssen, würde allein das die Flucht unausweichlich machen.

»Geben Sie mir noch einen Tag, Don Curzio«, sagte er schließlich. »Ich habe Mrs. Goldsmith noch einen Besuch versprochen.«

Der Capo sah ihn erstaunt an. »Was ist mit ihr?« fragte er.

»Mrs. Goldsmith hat ihren Mann nicht erschossen. Es war ein Unfall. Sie hat es mir gesagt, und ich glaube ihr.«

»Hat sie nicht gestanden?«

»Ja, doch. Aber es ist, wie soll ich es sagen – wie eine Buße, eine Buße für ihr falsches Leben. So habe ich es jedenfalls verstanden.«

Der Capo winkte Brunner heran, der in einiger Entfernung gewartet hatte. »Eine kleine Änderung im Programm«, sagte er.

Mit dem Capo und seinem Anwalt an der Seite war eine Besuchserlaubnis kein Problem. Das Problem war aber, dass Mary sich jeden Besuch verbeten hatte. Erst als ihr eine Wärterin mitteilte, dass Don Curzio sie zu sprechen wünsche, erschien sie, bleich und verschlossen.

Don Curzio begann mit einem Vortrag, den Anselm in seinen Kernaussagen so verstand: Er habe vom

Schicksal der Signora erfahren und der Art und Weise, wie sie es zu behandeln gedenke. Er fühle sich mit ihr in dem Punkt verwandt, dass auch er eine Vergangenheit habe, die er gern vergessen oder besser ungeschehen machen würde. Es sei aber im höchsten Maße töricht, ihr so viel Macht beizumessen, dass sie ein Leben zerstören könne. Er bitte sie, mit ihrem grausamen Spiel aufzuhören und ins Leben zurückzukehren.

»Der große Don Curzio bittet um etwas«, sagte Mary, und es klang weniger ironisch als beeindruckt.

»Und glauben Sie mir, Signora, es ist das erste Mal in meinem Leben.«

»Ich werde es mir überlegen, Don Curzio. Haben Sie vielen Dank.«

Und wie nebenbei bemerkte er noch, dass sie mit ihrer Täuschung ohnehin keinen Erfolg haben werde. Beim heutigen Stand der Kriminaltechnik könne man sehr genau und überzeugend einen Unfall von einem Mord unterscheiden. Er würde sich glücklich schätzen, wenn er ihr Brunner für ihre Verteidigung zur Verfügung stellen dürfe. »Brunner ist ein deutscher Anwalt«, fügte er hinzu, »womit alles auf einen Freispruch erster Klasse hindeutet.«

Er verbeugte sich und verließ mit Brunner den Raum.

»Don Curzio war zwar nie einer von diesen kalten Capi der Fünfziger, aber er machte, wie er das nannte, seinen Einfluss geltend, wo immer er seinen Vorteil sah. – Was macht der Pollock, wollen Sie ihn verkaufen?«

»Ich hab es schon versucht, ja, aber mit wenig Erfolg.«

»Das verstehe ich nicht. Pollocks sind doch gesucht. Bieten Sie ihn am besten Johnson, Ford & Héberlin in Monte Carlo an. Die sind darauf spezialisiert.«

»Genau da war ich. Monsieur Héberlin hat mich leider darauf hingewiesen, dass das Bild 1985 in den Staaten gestohlen wurde.«

»Rubbish«, sagte Mary. »Die *Nummer 10* war so mit das Einzige, was Thomas legal erworben hat. Und Sie haben das Héberlin geglaubt?«

»Was blieb mir übrig? Er zeigte mir einen Artikel –«

»– in *Arts Quarterly*, richtig?«

»Ja, da wurde über den Diebstahl berichtet.«

»Und in der nächsten Nummer berichtigt. Und die hat Ihnen Héberlin natürlich nicht gezeigt. Das Bild in Key West war die*Nummer 9*. Die Amerikaner hatten das zunächst durcheinander gebracht.«

Das musste Anselm erst einmal sortieren: Wenn der Pollock als Marys Schenkung kein Diebesgut, sondern sein rechtmäßiges Eigentum war, musste ihm Héberlin das Bild wieder zurückgeben. Und aus demselben Grund musste die Guardia di Finanza auch die Konfiskation der Kaufsumme aufheben. Und damit bestand auch für ihn kein Grund mehr, sich überstürzt nach Deutschland abzusetzen.

Er brauchte also nur zu Héberlin zu gehen und ihm zu sagen, er habe sein böses Spiel durchschaut, er solle ihm gefälligst seinen Pollock wiedergeben. So einfach war das.

Natürlich nicht. Héberlin hätte nicht einmal gewusst, dass es jemals diesen amerikanischen Maler – wie hieß er gleich noch? – gegeben hatte. Und von einer Bildübergabe konnte schon erst recht nicht die Rede sein – er habe diesen Menschen noch nie in seinem Leben gesehen.

Da blieb als einzige Möglichkeit Fanny, die Zeugin, übrig. Sie war bei dem Deal dabei gewesen, und wenn sie auch, wovon Anselm überzeugt war, Héberlins Kreatur war, war sie doch die Einzige, die einen Ansatzpunkt bot. Er musste noch einmal nach Monte Carlo. Wie er es dort anstellen wollte, wusste er noch nicht.

In einem Abstand, den er für sicher hielt, folgte Anselm der des Deutschen mächtigen Fanny und musste nicht lange folgen, denn sie verschwand nach wenigen Minuten in einem Bistro. Französische – und dann wohl auch monegassische – Angestellte nehmen ihr Mittagessen für gewöhnlich in einem Bistro in der Nähe ihres Arbeitsplatzes ein. Anselm wusste das aus französischen Filmen, und da diese offensichtlich immer noch einem verlässlichen Realismus frönten, führte auch dieses Beispiel zum Erfolg. In einem Punkt war Anselm allerdings froh, dass das wahre Leben doch hin und wieder von seinen filmischen Vorgaben abwich: Fanny war allein, und nicht, wie sonst üblich, in Begleitung einer – meist minder attraktiven – Kollegin.

Fanny traf auch niemanden im Bistro. Sie saß allein auf einem hohen Hocker am Tresen und bekam gerade vom Barmann eine große Schale Milchkaffee gereicht, als Anselm eintrat. Er stellte sich neben sie und bestellte ein Glas Bier.

Durch den Spiegel im Rücken des Barmanns sahen sie sich an. Fanny schien überrascht, suchte einige Sekunden nach einer Übereinstimmung zwischen seinem Spiegelbild und dem Pendant in ihrem Kurzzeitgedächtnis, und als sie die erhellende Deckungsgleichheit herbeigeführt hatte, lächelte sie und sagte: *»Bonjour, Monsieur Feyrig«*, wobei sie seinen Namen nahezu akzentfrei säuselte.

Anselm entschloss sich zum Überraschungsangriff und leitete den mit den nahe liegenden Worten »Ich will nicht lang drum herum reden« ein: Er sei, sagte er, von Héberlin verladen (Korrektur nach verständnisloser Miene: verarscht) worden; Héberlin habe gewusst, dass er, Anselm, der rechtmäßige Besitzer des Bildes sei und habe ihn mit dem falschen *Arts-Quarterly*-Artikel absichtlich getäuscht.

»Es ist nett, dass Sie mir das alles erzählen«, sagte Fanny, spitzte ihr Mündchen und ließ etwa Kaffee hineinlaufen. Sie schluckte graziös und fuhr fort: »Aber was habe ich damit zu tun?«

»Ich will das Bild zurück«, sagte Anselm und versuchte, in Ton und Miene Ingrimm und Entschlossenheit zum Ausdruck zu bringen. »Es gehört mir und nicht Héberlin.«

»Ich bin Übersetzerin und (kurzes Buchstabensortieren) Fremdsprachenkorrespondentin, Monsieur. Ich höre etwas, übersetze es in eine andere Sprache und vergesse es auch gleich wieder. Und dafür werde ich von Monsieur Héberlin und seinen Kollegen bezahlt. *Voilà!*«

»Und dafür decken Sie auch eine kriminelle Machenschaft (Korrektur: Handlung)?«

»Woher soll ich wissen, dass Sie die Wahrheit sagen? Sie können genauso ein Schwindler sein wie.« Kein Name.

»Und wenn ich beweisen kann, dass der Pollock mir gehört, würden Sie mir dann helfen?«

»Ich wüsste – beim besten Willen – nicht, wie ich das tun könnte, auch wenn ich wollen würde.«

Der Barmann hatte Anselms Bier wohl vergessen. Die Filme und die Erfahrung sagen aber, dass französische Barmänner weltweit die arrogantesten Vertreter ihrer Zunft sind, mit der besonderen Spezialität gegenüber bistrofremden Personen, sie als physische Erscheinung nicht wahrzunehmen. So handelte es sich auch hier nicht um Vergesslichkeit, sondern um vollendete Missachtung eines Gastes. »Würden Sie bitte so freundlich sein, bei dem Kellner ein Bier zu bestellen?« fragte Anselm in seiner Not. Er hatte am Abend zuvor mit Rita Wiedersehen gefeiert, was in ein Wiederfühlen und –schmecken übergegangen war und schließlich dort endete, wo Liebende letztlich hingehören, wenn sie sich die nötige Zeit nicht gesehen haben.

Fannys Order wurde innerhalb von Sekunden ausgeführt; als sie das Glas zu Anselm herüberschob, schossen aus des Barmanns Auge Blitze des Unwillens.

Anselm trank das kleine Glas in einem Zug leer und schnaufte so laut, dass Pierre es nicht überhören konnte: *»Encore une bière«*, und weil ihm im Moment nicht einfiel, was »aber schnell« auf Französisch hieß, *»ma subito!«*

»Ich hab auch keine Idee, wie Sie mir helfen könnten. Irgendein Hinweis, eine Schwachstelle bei Héberlin, ich weiß nicht. Ich weiß nur, dass er mit dieser Sache nicht durchkommen darf. Er ist ein Verbrecher, Fanny, ein absolut kriminelles Element, und wenn ich nicht an das Bild komme, bin ich ruiniert!«

»Jetzt fangen Sie auch schon mit der Fanny-Nummer an!«

»Pardon, das kommt nur, weil, ich hab Sie in Gedanken einfach immer so genannt.«

»Ich heiße Valéry. Aber Sie haben von Héberlin doch die hunderttausend Mark bekommen.«

»Das Geld aus dem Deal hat die Guardia di Finanza beschlagnahmt, weil sie der Meinung ist, er sei unsauber gewesen, Geldwäsche oder weiß der Teufel. Ich hab dafür zwei Tage im Knast gesessen.«

»Justizvollzugsanstalt?« lächelte Valéry. Sie lernte schnell.

»Ja, und das reicht mir. Ich bin jetzt auch nur auf Kaution frei.«

Valéry erinnerte Pierre an Anselms Bestellung, und der zeigte sich *»désolé«* wegen seiner Unaufmerksamkeit, es sei eben Mittag und *heures de pointes* (was Anselm mit Stoßzeit übersetzte, obwohl insgesamt nur sechs Leute im Lokal waren), aber jetzt werde er sich unverzüglich daran machen.

»Héberlin ist mein *patron*«, sagte Valéry.

»Auf der anderen Seite«, fuhr sie nach einer angemessenen Pause fort, »ist das, was er mit Ihnen gemacht hat, nicht gerade – « Sie fand das rechte Wort nicht, was aber in diesem Zusammenhang auch nicht mehr nötig war.

Neue Pause, Nachdenken. »Wenn Sie sich nicht eine Waffe kaufen wollen und Héberlin erschießen, sehe ich nur eine Chance.«

Die dritte Pause hintereinander machte Anselm nervös.

»Sie müssen mit seinen Teilhabern sprechen. Die

Messieurs sind zwar nicht viel seriöser als Héberlin, aber ich gehe mal davon aus, dass er das Geschäft vor ihnen geheim gehalten hat, und so etwas mögen sie nicht, vermute ich.«

»Sie sprechen ein fabelhaftes Deutsch«, sagte Anselm. »Und so kluge Sätze!«

»Danke. Ihr Deutsch ist auch nicht schlecht. Mr. Johnson müsste jetzt schon in seinem Büro sein. *Ça vaut bien un essai.*«

»Und dieses Französisch! *Merci*, *Valéry*.«

»De rien, Monsieur, et bonne chance!«

Anselm kümmerte sich nicht um Stéphane Audrans spitzen Protestschrei, als er an der Rezeption vorbeistampfte, ebenso wenig wie um das aspirierte »Halt!« einer unbekannten französischen Leinwandschönheit in Mr. Johnsons Vorzimmer. Er musste sich so gerieren, um in Form zu kommen.

Trotz Anselms furiosem Auftritt blieb Mr. Johnson gefasst hinter seinem Schreibtisch sitzen und beruhigte erst einmal die erregte Mitarbeiterin. In feinstem Oxford-Englisch erkundigte er sich bei Anselm, wem er die Ehre dieser unverhofften Bekanntschaft zu verdanken habe.

»Names are sound and smoke«, wich Anselm aus. Mr. Johnson lächelte.

Er habe, begann Anselm, einen Pollock anzubieten, *Number 10* von 1949, *all papers okay, authenticity okay, title deed okay, everything okay*. Ob das Haus an einem Ankauf interessiert sei.

Nummer 10, sage er, von 1949? Mr. Johnson sprach leidlich Deutsch.

Natürlich sei das Haus interessiert, jederzeit, Pollock sei immerhin eines seiner *favourite* Sammelgebiete. Selbstverständlich müsste er das Bild vorher einer Autopsie unterziehen.

Die könne er gern vornehmen; es befinde sich zur Zeit für hunderttausend Mark als Dauerleihgabe bei seinem sauberen Teilhaber, Monsieur Héberlin.

Mr. Johnson lächelte ein zweites Mal. »Hey, Berlin«, sagte er gedehnt. *»Very interesting.«*

So knapp wie möglich wies ihn Anselm in die Zusammenhänge ein, soweit sie den Deal mit Héberlin betrafen. »Wir sollten mit ihm gleich einen Termin vereinbaren«, schlug er zum Ende seiner Ausführungen vor. »Ich habe es nämlich sehr eilig.«

Mr. Johnsons Lächeln war verblasst. »*Ich* werd mit ihm einen Termin machen, und zwar jetzt gleich. *Sie* bitte ich nach nebenan, ins Vorzimmer. Ich werde Sie über die Sprechanlage mithören lassen.«

»Und Héberlin?«

»Kommt nicht durchs Vorzimmer«, sagte Mr. Johnson und deutete auf die gepolsterte Tür in seinem Rücken. Er nahm den Hörer ab, tippte eine Nummer und lud den teuren Marc ein, gleich mal rüberzukommen, ja, jetzt gleich, wenn's geht, es dauert auch nicht lang.

Anselm zog sich ins Vorzimmer zurück und überzeugte die immer noch verstörte Fachkraft, ihn ein wenig allein zu lassen. Die Sprechanlage knackte, ein grünes Lämpchen leuchtete auf. Dumpf hörte er eine Tür schlagen, Schritte, ein Plumps in den Sessel.

Héberlin war nicht zu verstehen; offenhorchlich war er zu weit vom Mikro entfernt.

Johnson: »Ich wollte dich nur informieren, dass mir heute ein Pollock angeboten wurde, und da du ja von uns der Pollock-Experte bist, würde ich dich gern bitten, dass wir uns das Bild zusammen ansehen.«

Wenn Héberlin jetzt richtig schaltet, dachte Anselm voller Schrecken, kann er's noch rausreißen. Aber Héberlin, der Verblendete, verspielte seine Chance. Anselm konnte seine Antwort zwar nicht verstehen, dafür aber die von Johnson umso deutlicher. Er hätte nie geglaubt, welch zerstörerische Kraft in delikatestem Oxford-Englisch verborgen war, vorausgesetzt, Johnson erweiterte nicht eigenmächtig dessen Grenzen.

Seine lautstarke Philippika war in drei Stufen gegliedert, die sich jeweils durch ihren Pegel (mit steigernder Tendenz) unterschieden, durch die Vorliebe für eine bestimmte Vokabel allerdings zusammengehalten wurde.

Stufe I: Beweisaufnahme (u. a *»You filthy pig tried to pinch that fucking Pollock!«*)

Stufe II: Urteil (u. a. *»You can stuff that bloody contract in your fucking arse«*)

Stufe III: Strafandrohung (u. a. *»If you don't tell me right now where that fucking painting is I am going to break your fucking bones!«*)

Und dann klang es ganz ruhig und gefasst aus der Sprechanlage: *»Mr. Sound and Smoke, I would like you to reenter.«*

Das erinnerte Anselm an die shakespearesche Regieanweisung im Hamlet – *reenter ghost* – , und er war sich sicher, dass Héberlin in ein paar Sekunden zumindest etwas Ähnliches denken würde.

Es ging hinaus auf Héberlins Landsitz, nicht gerade Rocquebrune, aber auch nicht weit entfernt davon. Der Kunsthandel in Monaco warf offensichtlich doch nicht so viel ab, dass es zu Meerblick reichte. Aber vielleicht hätte ihn der Pollock ja geöffnet.

Héberlin hatte wirklich Angst vor Johnson. Johnson erwies sich als ein Hüne, was hinter dem Schreibtisch nicht zu sehen gewesen war, und Héberlin hatte die rattenhafte Physis, die seiner Gesinnung vollkommen entsprach. Ausschlag für Héberlins *Kap*itulation und seine Bereitschaft, die beiden zu dem Bild zu führen, war Johnsons zukunftsgewisse Vorausdeutung, er werde ihn windelweich schlagen, wobei er sie unterschiedlich formulierte: *I'll beat the living daylights out of you, und: I'll make fucking mincemeat out of you.* So hatte ihn Anselm jedenfalls verstanden.

Héberlin führte die beiden, vorangetrieben durch Johnsons permanentes Grollen, ums Haus herum in den Garten, und von dort aus über eine Treppe in den Keller.

Als er die Tür zu dem bewussten Raum öffnete, gab Johnson ein unerhörtes Geräusch von sich, eine unglaubliche Konsonanz von Kreischen und Krächzen. Ursache dieses kakophonen Ausbruchs war der Anblick, den der Raum bot:

Héberlin hatte sich sein ganz privates Museum eingerichtet, eine Galerie, die, soweit Anselm es in der Kürze der Zeit einschätzen konnte, dem Abstrakten Expressionismus der fünfziger Jahre gewidmet war. Es waren durchweg keine großen Arbeiten, Anselm glaubte einen Rothko zu erkennen, einen de Kooning, zwei grafische Blätter von Kline und Motherwell; die anderen sagten ihm nichts. Zweifellos die Krönung der Sammlung und deshalb wohl auf einer großen Staffelei in der Mitte platziert und durch einen Strahler besonders hervorgehoben bildete die *Nummer 10* aus dem legalen Teil des Babbo-Nachlasses.

Johnson tobte. Er wies den sich immer tiefer duk- kenden Liebhaber des abstrakten und chromatischen Expressionismus lautstark und gestenreich darauf hin, dass in ihrem Kontrakt ausdrücklich festgehalten war, dass Schwerpunkte der Galerie Johnson, Ford & Héberlin nicht in eigenen Sammlungen enthalten sein durften, dass er sich vorbehielt, die Rechtmäßigkeit der Ankäufe überprüfen zu lassen, und dass er zunächst einmal den Pollock sicherstellen werde. Er forderte Anselm auf, mit anzupacken und den *fucking great daub* nach oben zu tragen.

»Non, non, non!« winselte Héberlin wie von Sinnen. Er versuchte die beiden daran zu hindern, das Bild von der Staffelei zu heben, aber Johnson verscheuchte ihn mit einem Tritt gegen das Schienbein, der ihn laut aufheulen ließ. *»Voleurs!«* schrie er immer wieder, und als er merkte, dass er gegen die Entschlossenheit der beiden nichts bewirken konnte und er das Bild für immer verlieren würde, tat er einen Sprung wie der Löwe durch den brennenden Reifen. Die Leinwand riss, der Rahmen brach – doch Héberlins vandalistischer Furor war noch nicht vorbei. Wie rasend machte er sich über die traurigen Lappen her, die einmal das Bild gewesen waren, und zerfetzte einen nach dem anderen, bis Johnson seine Fassung wiedergewonnen hatte und ihn überwältigte. Da hing er nun als keuchendes Bündel in dessen Pranken und weinte haltlos vor sich hin.

»Some million dollars destroyed by a fucking lunatic within a few seconds«, knurrte Johnson und ließ seinen ehemaligen Teilhaber einfach auf den Boden fallen.

Erst da wurde Anselm bewusst, dass es seine Dollars gewesen waren.

Sie ließen Héberlin in einem erbarmungswürdigen Zustand zurück. Er hatte sich in eine Ecke seines unterirdischen Museums zurückgezogen, wimmerte leise vor sich hin und war nicht ansprechbar. Anselm hätte es ihm beinah gleichgetan; viel schlechter als ihm konnte es Héberlin auch nicht gehen.

Er saß neben Johnson in dessen Wagen und starrte auf die Scheibe, hinter der sich die Kurven gerade bogen. Was machen Menschen, die ein paar Millionen in ein paar Sekunden verlieren? Sie springen von hinreichend hohen Häusern, fahren mit ihren Automobilen gegen hinreichend widerstandsfähige Hindernisse, sie schießen sich an der geeigneten Stelle eine Kugel in den Leib. Oder sie leben einfach weiter.

In einer Mischung aus Wut und Verzweiflung hatte Anselm angefangen, Héberlins Schätze zusammenzusammeln, als kümmerliche Kompensation für den verwüsteten Pollock, aber Johnson hatte das nicht zugelassen. Aus dem Gesellschaftervertrag, sagte er, ergebe sich, dass die Objekte, die Geschäftsgegenstand der Galerie waren, zwangsläufig der Galerie zufallen. Wenn er, Anselm, nicht ganz leer ausgehen wolle, müsse er versuchen, Héberlin auf zivilrechtlichem Weg zu einem Ausgleich zu zwingen; er habe dabei seine volle Unterstützung.

Während der Fahrt erklärte ihm Johnson, wie diese

Unterstützung aussehen könnte: Er würde ihm einen vordatierten Kaufvertrag auf den Pollock ausstellen; mit dem und den übrigen Papieren, darunter Marys Schenkungsurkunde, die ihn einwandfrei als Besitzer auswiesen, könne er Héberlin verklagen. Viel könne er zwar nicht erwarten, aber immerhin sei dessen Haus, grob geschätzt, ein paar hunderttausend Franc wert. Wenn es ihm denn gehörte.

Allerdings, und bei dieser Einschränkung schmunzelte er, könne sich dieser Prozess einige Zeit hinziehen. Anselm fragte erst gar nicht, wie lang.

Andererseits, fuhr Johnson fort, könne er versuchen, die beschlagnahmten Hunderttausend vom italienischen Fiskus zurückzubekommen; ein gültiger Kaufvertrag mache nach seiner Einschätzung den Verdacht der Geldwäsche hinfällig. Natürlich sei er in italienischem Recht nicht so bewandert, dass er Anselms Chancen realistisch einschätzen könne, aber einen Versuch sei es doch allemal wert.

Anselm schwieg zu Johnsons Plappereien. Mehr waren seine Vorschläge nicht. Natürlich waren seine Überlegungen nicht abwegig, vielleicht sogar aussichtsreich, aber die Aussichten auf jahrelange Prozesse vor monegassischen Gerichten und Auseinandersetzungen mit der Finanzverwaltung in Italien deprimierten Anselm fast noch mehr als Héberlins Exzess im Keller und dessen Folgen. Wovon hätte er seinen weiteren Aufenthalt finanzieren sollen, geschweige denn, dass er sich nicht einmal den winkligsten Advokaten hätte leisten können.

Warum war er dem Rat Don Curzios nicht sofort gefolgt? Er war genau dort angelangt, wo er schon drei Tage zuvor war, ach was, drei Tage! Seit Wochen quälte er sich durch halb Mitteleuropa, wäre um ein Haar totgeschossen worden und war ein paar Tage später potenzieller Millionär.

War denn die Welt angefüllt mit Halb- und Schwerkriminellen, oder hatte er nur den unverwechselbaren Geruch, der die Schmeißfliegen anzog? Eva und Robert, Waneghem, Héberlin, Johnson, der Babbo, und wenn er wollte, konnte er auch getrost Don Curzio und Bubi in dieses Panoptikum aufnehmen, auch wenn sich die Beiden in einen scheinbar ehrbaren Ruhestand zurückgezogen hatten. Und selbst der verfettete Freund Siegfried war mit seinen neuntausend letzten Kröten davongekrochen und mischte mit ihnen den reifen Damenflor am Niederrhein auf.

Was machte er nur falsch? Die Viktimologie-Theorie war natürlich der blanke Unsinn; sie war nichts anderes als seine infantile Legitimation gewesen, sich in seiner Schreckensstarre einzurichten und sogar wohl zu fühlen. Aber er hatte doch angefangen zu kämpfen, hatte doch unverdrossen versucht, sich die Milch in der Kanne zur rettenden Butter zu strampeln!

Was machte er nur falsch?

Bevor er in Johnsons Wagen einschlief, nahm er sich vor, bei Gelegenheit jemanden danach zu fragen, der davon Ahnung hatte.

Don Curzio, wen sonst? Als Anselm am frühen Abend den Wagen vor dem *Skipper* abstellte, saß der hochherzige Ex-Capo wie gewohnt auf seiner Bank unter der Markise, in wie gewohnt tadellosem Ensemble, aus dem diesmal als ungewöhnlichstes Accessoire ein Paar hellgrauer Gamaschen herausstach.

Anselm ließ sich neben ihm nieder, nicht ohne ihn um Erlaubnis gefragt zu haben, und erstattete ihm Bericht von seinem vergeblichen Kampf um den Pollock, den er mit der bewussten Frage schloss.

Don Curzio schüttelte den Kopf. Fast traurig sagte er: »Das weiß ich nicht, mein Junge. Ich bin kein Mann des Philosophierens. Ich bin Pragmatiker. Wenn du mich fragst: Wie ist dieses oder jenes Problem zu lösen, dann fällt mir hin und wieder das Richtige ein, wenn du mich aber fragst: Wie ist dieses Problem entstanden, werde ich dir keine Antwort geben können.«

»Ich erlaube mir daran zu zweifeln«, sagte Anselm. »Wie Sie mit Mrs. Goldsmith gesprochen haben, ging über die einfache Problemlösung aber deutlich hinaus.«

Don Curzio lächelte: »Sie ist gestern aus der U-Haft entlassen worden. Brunner hat die Ermittlungen etwas beschleunigt. Es war ein Kinderspiel nachzuweisen, dass Kaufman sich selbst erschossen hat.«

Anselm ging auf sein Ablenkungsmanöver nicht ein: »Das, was Sie über die Macht der Vergangenheit sagten, hat mir sehr eingeleuchtet – «

Wieder unterbrach in Don Curzio: »Ich weiß schon, worauf du hinauswillst, mein Junge. Ich sollte Rita sagen, dass ich ihr Vater bin.«

Anselm nickte, ohne zu bedenken, dass er mit einem Blinden sprach.

»Ich habe in der Zwischenzeit auch darüber nachgedacht«, fuhr Don Curzio fort. »Der Rat, den man anderen gibt, sollte für einen selbst ebenso gelten, nicht wahr?«

»Sehr wahr«, sagte Anselm.

»Und du?« fragte Don Curzio. »Wie geht es mit dir weiter?«

»Ich werde Ihrem Rat wohl folgen und nach Deutschland zurückgehen. Ich muss zusehen, dass ich meine Angelegenheiten geregelt kriege.«

»Und wann?«

»Ich werde heute noch mit Rita reden. Wenn sie einverstanden ist, fahre ich morgen früh.«

Rita war nicht damit einverstanden. Es wurde eine Nacht voller Lust und Grappa, voller Schwüre und Wein, voller Tränen und Versprechen, und dann schob ein langer Schlaf die Zeit seiner Abreise noch einen Tag hinaus.

Als Anselm die erste Hand voll Münzen in den Schlund des Mautautomaten der *autostrada* warf, wusste er noch nicht, wohin er fahren würde. Zwei Tage später klingelte er an der Haustür des Werbemannes Dieter Zuckel in Oberaudorf am Inn.

Auf dem Autobahnring um Mailand hatte ihn der Hinweis auf MONACO einen kleinen Schock versetzt, bis er sich erinnerte, dass München gemeint war, und München erinnerte ihn an die Werbeagentur Graber & Steingass, und die wiederum an den Werbemann Dieter Zuckel und dessen Versprechen einer Provision.

Kurz vor seiner Abfahrt hatte er gewagt, Kassensturz zu machen; bis dahin hatte er blind Schein für Schein unter der Matratze hervorgeholt, ohne den Mut zu haben, sich einen Überblick über den Bestand zu verschaffen. Jedes Mal hatte er gebetet, dass seine Finger noch einen Hunderter erwischten, jedes Mal hatte er gefürchtet, dass seine Finger ins Leere griffen, und deshalb war er überrascht, dass zum Schluss noch drei blaue Lappen übrig waren.

Kurz hinter der Grenze hatte er in der Agentur angerufen und erfahren, dass sich der Mitarbeiter gerade einige Tage für eine *creativity vacation* nach Hause zurückgezogen habe, eben nach Oberaudorf ins Inntal. Zuckel war außer sich vor Freude, als er hörte, dass Anselm ihm seine Aufwartung machen wolle, und schrie in ohrenbetäubendem Stakkato ins Telefon, er hätte schon befürchtet, nie wieder etwas von seinem Wohltäter zu hören, das Bier brauche nicht extra kalt gestellt zu werden, und sein Hund tue keinem was zu Leide.

Dieser Hund war auch der Erste, der auf Anselms Klingeln reagierte. Nach Intensität und Volumen der Laute, die aus dem Flur drangen, hätte es auch eine Kuh sein können. Als sich die Tür öffnete, stieg das Tier hoch wie ein Pferd, legte seine Pranken auf Anselms Schultern und sah ernst auf ihn herunter, als prüfe er, ob er dem Eindringling aus welchen Gründen auch immer den Zutritt verwehren müsse. Offensichtlich entdeckte er keinen entscheidenden Makel an Anselm, und so ließ er sich wieder hinunter. Erst da wurde der Hausherr sichtbar.

Dieter Zuckel hatte Anselm sich anders vorgestellt. Sein Bild von den Werbefuzzis glich in etwa dem von Producern: schwarz, schwarz und schwarz, und das alles durch viel Gel zusammengehalten, dazu sportiv und aero- und sowieso dynamisch.

Dieter Zuckel war das Gegenteil.

»Irish Wolfhound«, sagte er. »Der größte Hund der

Welt. Ich wusste es nicht. Ich hab ihn vor drei Jahren als Findelhund auf der Treppe gefunden. Anselm Feyrig, *I presume?*«

»Der Nämliche.« Dieter Zuckel hatte Schlappen an, deren diverse Bruch- und Rissstellen mit Sicherheitsnadeln zusammengehalten wurden. »Hocherfreut«, sagte er und gab Anselm die Hand.

Er trug eine dunkelbraune Strickjacke über einem gelben T-Shirt, dessen Aufdruck durch ein beachtliches Embonpoint bis zur Unleserlichkeit verzerrt wurde. »Treten Sie näher, Freund Feyrig«, sagte er und wies mit dem Daumen ins Dunkel des Flurs.

Dieter Zuckels Wohnzimmer war eine fast kongruente Ausgabe des Wohnzimmers von Anselms Tante Ida, sieht man von der Unmenge von Büchern ab und einem Grad der Verlottertheit des Interieurs, der für Tante Ida den Tod bedeutet hätte.

»Hab noch ein bisschen aufgeräumt«, sagte Zuckel. Er wies auf einen freien Ohrensessel, der Anselm in seine Arme schloss, als er sich hineinfallen ließ.

Dieter Zuckels Kopf war ein perfektes mit der Spitze auf den Hals gesetztes Ei, was durch den Umstand, dass ihm fast das gesamte Haupthaar abhanden gekommen war, eindrucksvoll unterstrichen wurde. Alles an diesem Kopf ordnete sich der Eiform unter, was bedeutete, dass Kinn, Nase, Wangen, Stirn kaum ausgeprägt waren, sondern glatt und homogen ineinander übergingen. Allein seine Augen wollten sich nicht in den ovoiden Gesamteindruck seines Kopfs einfügen. Sie waren, wenngleich auch von wässrigem Blau, sehr lebendig, flink und – melancholisch. Anselm dachte: Das geht doch nicht zusammen, und doch war es so.

»Bierchen?« fragte Zuckel. Anselm nickte.

»Bierchen!« sagte Zuckel laut. Sofort erhob sich der irische Wolfshund und verließ den Raum. Anselm hörte, wie nebenan, wohl in der Küche, der Kühlschrank geöffnet wurde.

»Er hört auf Fiffi«, sagte Zuckel. »Als ich ihn kriegte, war er noch so klein.« Er zeigte eine Spanne von einer Handbreite über dem Boden. Sekunden später erschien Fiffi mit einer Flasche Bier im Maul.

Zuckel nahm sie ihm ab und warf sie Anselm zu. »Wie oft hab ich dir gesagt«, wandte er sich an Fiffi, »dass du die Kühlschranktür schließen sollst.« Fiffi schwieg.

»Ja, auch wenn du noch eine Flasche holen sollst. Das ist Energieverschwendung.«

Fiffi machte auf den Hinterpfoten kehrt und verschwand wieder in der Küche.

»Der Hund, also Fiffi, holt die Flaschen aus dem Kühlschrank?«

»Normalerweise macht er sie auch auf, aber seit ein paar Tagen hat er Zahnschmerzen.«

Anselm hörte, dass Fiffi die Kühlschranktür ordentlich schloss, und einige Sekunden später hatte auch Zuckel sein Bier. Blind langte er neben sich auf einen Beistelltisch und hielt einen Flaschenöffner in der Hand. Erst jetzt sah Anselm, dass auf nahezu jeder Fläche in dem Raum Flaschenöffner lagen, und auch er nur die Hand auszustrecken brauchte, um an einen zu gelangen.

»Das ist praktisch«, sagte Zuckel. »Ich hab früher elend lange nach den Dingern suchen müssen. Prost!« entschied er energisch, hebelte den Kronkorken ab und ließ ihn auf den Boden fallen. Fiffi erhob sich und legte ihn im Papierkorb ab.

»Das ist praktisch«, sagte Zuckel, »früher lagen die Dinger hier zu Dutzenden rum.«

Anselm öffnete seine Flasche und machte es wie Zuckel. Fiffi drehte den Kopf seinem Herrn zu, und als der nickte, entsorgte er auch diesen Verschluss.

»Prost!« sagte Anselm, und sie tranken.

Zuckel fast die gesamte Flasche in einem Zug. Dann hielt er eine kurze Ansprache, in der er zunächst noch einmal seiner Freude darüber Ausdruck verlieh, dass Anselm ihn aufgesucht hatte. Er wäre sonst seines Lebens nicht mehr froh geworden, denn wenn sie noch einen einzigen Monat in Hamburg hätten bleiben müssen, wäre Fiffi todsicher eingegangen. Fiffi habe sehr an seiner bayerischen Heimat gehangen; das nördliche Reizklima sei Gift für ihn gewesen. Die letzten drei Monate habe er vom Veterinär einen Kortisolinhalator verschrieben bekommen (den er wahrscheinlich selbst bedient hatte, dachte Anselm), den er zum Schluss sogar selbst bedienen konnte, fügte Zuckel hinzu. Was er aber eigentlich damit sagen wolle, sei, dass Anselm auf ihn den Eindruck mache, als habe er in der letzten Zeit eine Menge Stress gehabt und könne die versprochene Provision gut brauchen.

Sein Eindruck täusche ihn nicht, sagte Anselm. »Die letzten Monate waren insgesamt nur bedingt erfreulich, und das ist noch untertrieben.«

Nachher, das solle er ihm nachher im Wirtshaus erzählen, jetzt ginge es erst einmal ums Geld, dann hätte man es hinter sich. Er schloss die Augen. »Ich hab es nach meinem Umzug irgendwo hingelegt. Aber ich weiß ums Verrecken nicht mehr wo. *Fiffi?*«

Entnervt rappelte sich der Hund auf und verließ den Raum.

Dann wollte Zuckel von Anselm wissen, wie lang er denn schon in der Werbebranche sei.

»Ich bin nicht in der Werbung«, sagte er.

Aber er habe doch damals absolut überzeugende Arbeitsproben bei Claassen & Friends eingereicht.

»Alles getürkt. Zusammengeklaut und abgekupfert.«

»Das ist praktisch«, sagte Zuckel. »So hab ich's auch gemacht, seinerzeit. Hat auch keiner geschnallt.« Wieder schickte er Fiffi zum Bierholen, aber der suchte noch nach der Provision. *»Mundus vult decipi«*, rechtfertigte Zuckel ihre Gaunereien und sprach damit Anselm aus dem Herzen, obwohl er nicht wusste, was das hieß.

Womit er, Anselm, denn sonst seinen Lebensunterhalt verdiene, wenn nicht in der Werbung.

Und weil Zuckel unbedingt auf der Langfassung bestand, vertagte man sich auf den Abend. Beim Wagner Erich im *Schwanen* sollte ihm Anselm alles »haarklein« erzählen.

Da endlich erschien Fiffi mit einem Umschlag im Maul und legte ihn Anselm zu Füßen.

Es tat wohl, den ganzen Dreck loszuwerden. Anselm hielt sich weitgehend an die Vorgabe »haarklein«, und Zuckel war ein aufmerksamer und mitfühlender Hörer, obwohl er während der Schilderungen der Ereignisse fast pausenlos Bier in sich hineinschüttete, das er hin und wieder mit einem Hefeschnaps »meliorisierte«.

Zwei Gläser Bier hatte Fiffi am Anfang des Abends mitgetrunken, vom Wagner Erich unaufgefordert in einer Schüssel serviert, und dann hatte er sich unter die Ofenbank gelegt, um seinen Rausch auszuschlafen.

Als Anselm mit seiner Erzählung schließlich in Oberaudorf angekommen war, sagte Zuckel nachdenklich und ohne ein Zeichen von Trunkenheit: »Mach dir jetzt bloß keine Gedanken um die Pollock-Kohle. Mir wird schon was einfallen.«

»Ich mach mir keine Gedanken«, sagte Anselm, »nicht mehr. Ich möchte nur wissen, was ich falsch gemacht habe.«

Zuckel bohrte mit einem Finger in seinem Ohr, als wolle er irgendwie an sein Gehirn gelangen. »Müßige Frage«, sagte er. »Scheiß was drauf! Wie hoch ist mein Anteil, wenn ich dir verrate, wie du die Kohle für den Pollock doch noch kriegst? Dann kann man immer noch Ursachenforschung betreiben.«

Nein, Zuckel war nicht betrunken. Er, Anselm, war fast hinüber.

Wie er das denn anstellen wolle.

»Wie hoch?«

»Fifty fifty.«

»Siehst du! So wird aus dir nichts!«

»Du kriegst vierzig Prozent der Gewamtwumme.«

»Dreißig!«

»Fümmun – » Er hatte den Überblick verloren.

»Also gut – fünfundzwanzig Prozent, wenn's klappt. Abgemacht?«

Anselm nickte. Es war doch ohnehin feifegal.

»Anselm! Kannst du mir noch folgen?«

Anselm nickte. Es war doch ohnehin feifegal.

Der erste Versuch, seine Augen zu öffnen, schlug fehl; irgendein Klebstoff hielt seine Lider hartnäckig fest. Er versuchte es noch einmal und dann ein drittes Mal, und da endlich sprang der rechte Augendeckel hoch und gleich danach auch der linke.

Anselm erwachte in einem ihm vollkommen unbekannten Raum. Das war ihm nicht zum ersten Mal passiert, und deshalb beunruhigte es ihn auch nicht sonderlich. In solchen Fällen versuchte er, den Filmriss möglichst schnell zu kleben, was ihm auch meistens gelang, zumindest in einer Fassung, die die plausibelste war und ihm seine Würde ließ.

Erstens: Er war in Zuckels Haus. Zweitens: Zuckel musste ihn gestern Abend irgendwie nach Hause geschafft und ins Bett gelegt haben. Drittens: Auf dem Tischchen neben dem Bett lagen zwei Alka Seltzer neben einer großen Flasche Mineralwasser mit Drehverschluss und einem Flaschenöffner.

Als Anselm sich etwas aufrichtete, um an das Survival-Kit zu kommen, sah er, dass Zuckel (oder Fiffi?) ihm einen Zettel mit dem Grundriss der Wohnung hingelegt hatte, auf dem der Weg ins Bad mit einer roten Linie markiert war. Das ist praktisch, dachte Anselm. Selten hatte er sich in der letzten Zeit so wohl gefühlt. Sein Kater schnurrte sanft.

Tabletten, Rasur und Dusche besorgten den Rest. Als er sich angezogen hatte, kam auch nach und nach die Erinnerung an den letzten Abend, letzter Teil. Aus dem Zimmer gegenüber hörte er laute Schnarchgeräusche. Richtig, Zuckel hatte einen Plan, aber hatte er ihn auch erzählt? Trotz aller Bemühungen gelang es Anselm nicht, in das Mysterium des Vollrauschs vorzudringen.

Dann ging die Tür zu seinem Zimmer auf. Ein ausgeschlafener Fiffi trat ein und bedeutete Anselm mit einigen Wendungen seines Kopfes, ihm zu folgen. Eine andere Interpretation dieser Gesten war kaum möglich. Anselm tat, wie ihm geheißen. Er ging hinter Fiffi her, aus dem Haus, einige Straßen weiter bis zum Marktplatz. Dort schien Fiffi einen Augenblick zu überlegen, entschied sich dann für das *Café Stadlhuber* und ging hinein. Das war praktisch.

Nach einer Stunde, die angefüllt war mit einem prachtvollen Frühstück (Fiffi nahm eine Laugenbrezen) und der Lektüre des *Rosenheimer Volksfreunds*, erschien ein quicklebendiger Dieter Zuckel, der sich schon gedacht hatte, dass Fiffi das *Stadlhuber* wählen werde; da seien die Laugenbrezen um die entscheidende Nuance besser als im *Marktcafé*. Am Nachmittag hätten die Windbeutel mit Sicherheit zugunsten des Letzteren entschieden.

Ob er sich noch an den gestrigen Abend erinnern könne.

Im Prinzip ja, im Detail nur schemenhaft.

Okay, dann noch mal. Sie hätten abgemacht, dass er, Zuckel, fünfzehn Prozent bekomme, wenn es ihm gelänge, die Kohle für den Pollock doch noch lockerzumachen. Ob er noch dazu stehe.

»Allemal, aber wie soll das denn gehen? Ich hab dir doch gestern alles haarklein erzählt. Da ist nichts mehr zu holen!«

»Schweig und höre! Der Pollock hat doch bis zu seinem Ableben dem Babbo gehört. *Right?*«

»Und der Babbo hat das Haus, in dem du gewohnt hast, gewerbsmäßig an Urlauber vermietet. *Right?*«

»Und du hast nie daran gedacht, dass dieses Schlitzohr den Schinken natürlich angemessen versichert hat?«

»Also: Alles, was du machen musst, ist, nach Terzorio zurückzufahren, von Snuggles, Pardon, Mrs. – Goldsmith – *right?* – die Versicherungspolice zu nehmen und einen Einbruch zu inszenieren. Die *assecurazione* hat keine Chance!«

Das war genial.

»Aber ich fahr ums Verrecken nicht mehr dahin zurück!« sagte Anselm.

»Du bist verrückt«, sagte Dieter Zuckel. »Für ein paar Millionen fahr ich zur Hölle und zurück!«

»Gut. Dann fahr du. Ich geb dir ’ne Vollmacht, und du machst das alles. Und du kriegst zwanzig – dreißig Prozent.«

»Plus Spesen?«

»Wenn du nicht übertreibst.«

»Du lernst dazu. Wie schön, dass ich noch *creativity vacances* habe. *Creativity vacances* nennen die Arschlöcher das! Ich sage dir, die ganze Werbebranche ist ein Tummelplatz von Arschlöchern, in die sie sich auch noch gegenseitig kriechen.«

Im Folgenden begründete Dieter Zuckel eingehend seine rüde Attacke auf den Berufsstand, dem er selbst angehörte. Seine Analyse gipfelte in der Anschuldigung, die Werbung vertusche ihre Sinnlosigkeit und Ineffektivität durch ein bunt schillerndes Scheinsystem von Betrug nach außen und Unmenschlichkeit nach innen. »In der Agentur«, sagte er nach Luft schnappend, »trage ich eine schwarze Perücke, ein sauteures Modell aus London, und ein Spezialkorsett, stell dir das vor! Wenn die wüssten, wie ich wirklich aussehe und wie ich hier lebe, wäre ich morgen gefeuert.« Er bekreuzigte sich. »Obwohl ich mit Abstand der beste Texter in dem Laden bin, bei Gott! Und du bleibst hier und passt auf Fiffi auf.«

»Ich weiß gar nicht, wie man mit Hunden umgeht.«

»Brauchst du auch nicht. Fiffi kommt schon allein zurecht.«

Das erste Oberaudorf-Sightseeing unter Fiffis kundiger Führung legte schonungslos die katholische Tristesse eines oberbayrischen Touristenzentrums offen. Zusätzlich erschwerte die Tatsache, dass in Oberaudorf der bayrische Ministerpräsident Stoiber geboren war, eine möglicherweise durch die Schönheit der umliegenden Bergwelt aufkeimende Zuneigung zu dem Ort.

In Dorsten oder Itzehoe zeigten die Häuser und ihre Attribute in offener und ehrlicher Hässlichkeit, wie unglücklich ihre Bewohner in Wirklichkeit waren. In Oberaudorf gaukelten Lüftlmalereien und Geranien, fette Wirtshausschilder und allerlei barocker Schnickschnack heimatliches Glück vor, das bei dem einzigen Lebenszweck seiner Bewohner unmöglich war: dem listigen Anlocken älterer Menschen und deren rücksichtsloser Ausplünderung. Eine einzige Stadt gewordene, schamlose Lüge.

Anselm schauderte. Es hatte ihn auf seiner Tour der Leiden in drei der widerlichsten Menschenagglomerationen verschlagen. Brüssel mit seiner brutal-imperialen Architektur, die kongenial die unverhohlen korrupten Strukturen der europäischen Drahtzieher verkörperte; Monte Carlo unter seiner fürstlichen

Dunstglocke von Großabzocke, Kapitalverbrechen und Demimonde, und nun – Oberaudorf.

In seiner Not floh Anselm ins Gebirg, neben sich auf dem Beifahrersitz Fiffi, dem er probehalber bei Antritt der Fahrt eine Straßenkarte in die Pfote gedrückt hatte. Fiffi hatte keinen Blick darauf geworfen; er kannte die Gegend wohl wie seinen Hundekorb. Mit zunehmender Höhe wurde die Straße schmaler, steiler und kurvenreicher. Es war nasskalt, das Wasser rieselte die Felsen herunter und sprang über die Straße. Die Äste der Tannen hingen schwer herab in die feuchte Luft, und dann dampfte der Nebel herauf und strich schwer und feucht durch das Gesträuch, so träg, so plump.

So fuhr er hin, im zweiten Gang, während die bayrischen Motorradbuben in selbstmörderischem Überholfuror hinter ihm aus dem Nebel auftauchten und vor ihm in Sekundenschnelle wieder verschwanden. Der Heilige Stoffel aber musste seine Hand über sie gehalten haben, denn Anselm entdeckte nicht einen an einen Felsvorsprung geklebt oder um einen Baum gewickelt, während er vorsichtig und um sein Leben besorgt weiterzuckelte. Aber vielleicht lagen sie ja alle tief drunten in der Klamm, zerschmettert, bedeckt nur von gnädigen Schwaden.

Und als Anselm schon verzweifeln wollte, geschah es! Mit einem Schlag war's zu Ende mit dem Nebel, als habe ihn der Herr mit einem scharfen Messer abgetrennt. Nun war Anselm über den Wolken, wo es nur gleißendes Sonnenlicht gab und einen Himmel von schmerzender Bläue, und ringsum Gipfel, die aus einem unendlichen Meer von weißer Watte herausragten.

Die Motorradburschen hatte es, Gott sei Dank, nicht erwischt. Sie hatten sich auf einem Parkplatz gesammelt und ließen inmitten ihrer blitzenden Maschinen die Bierdosen kreisen und genossen den Tag, der wie für Motorräder geschaffen schien.

Anselm hielt bei der nächsten Gelegenheit an, suchte sich einen erhabenen Platz und setzte sich nieder. Fiffi legte den Kopf auf seine Schulter und schaute verträumt in die Ferne.

So musste es sein. Nie mehr im Tal. Immer auf der Höhe.

Die Versicherung weigerte sich, die Versicherungssumme zu zahlen.

Sie hatte eine Menge Argumente, und nach Brunners Einschätzung waren es sehr gute, so dass er von einem gerichtlichen Vorgehen abriet. Das ausschlaggebende war, dass der Babbo laut Vertrag verpflichtet gewesen war, einen Gegenstand dieses Werts besonders sorgfältig zu sichern, durch eine effektive Armierung der Fenster und Türen etwa oder besser noch durch den Einbau einer Alarmanlage.

Das war die schlechte Nachricht, die Dieter Zuckel am folgenden Tag ins Telefon trompetete und Anselm aus all seinen Träumen riss.

Wie, dachte er, hätte es auch anders sein sollen?

Aber Zuckel hatte sich psychotaktisch geschickt die gute Nachricht für den zweiten Teil seines Anrufs aufgespart.

Brunner hatte zwar, wie gesagt, von einem gerichtlichen Vorgehen abgeraten, hatte aber mit der Versicherung einen Vergleich geschlossen. Ihm waren einige formale Unebenheiten, wie er das nannte, aufgefallen, so die, dass die Versicherung seinerzeit die Sicherungsmaßnahmen hätte abnehmen und das Ergebnis dieser Prüfung in einem Protokoll festhalten müssen. Dieses Protokoll konnte sie aber nicht beibringen. Es gab noch einige andere »Nickligkeiten« (Zuckel), die auf Unkorrektheiten der Versicherung beruhten, so dass nach zähen und »dramatischen« (wieder Zuckel) Verhandlungen die beiden Parteien sich auf eine Summe von (kurze Pause) einhundertachtunddreißigtausend Mark geeinigt hätten, die Zuckel in Form eines Schecks morgen nach Oberaudorf mitbringen werde.

Wie lange er denn noch *creativity vacances* habe, wollte Anselm wissen.

»Bis an mein Lebensende«, schmetterte Zuckel ins Telefon. »Ich hau in den Sack!«

An diesem Abend feierte Anselm mit Fiffi ein rauschendes Fest. Er hatte aus Rosenheim Champagner und allerlei essbare Kleinodien besorgt, dazu sechs edle Zigarren und eine Flasche irischen Whiskey, der fast so alt war wie er selbst. Für Fiffi hatte er Filetsteaks und frische Innereien von verschiedenem Getier mitgebracht sowie einige Windbeutel und Laugenbrezen.

Anselm war nicht im Geringsten enttäuscht über die Reduzierung der Summe. Eine Million oder mehr auf einen Schlag hätte ihn ohnehin restlos überfordert. Als er auf Dieter Zuckels Schreibtisch einen Taschenrechner fand und sich ausrechnen ließ, was ihm nach Zuckels dreißig Prozent übrig blieb, musste er über das Ergebnis auf dem Display lachen.

Sechsundneunzigtausendsechshundert. Mit der Aussicht auf gut sechsundneunzigtausend Mark war er nach Brüssel aufgebrochen, sie hatte ihm der Babbo als Honorar für die Memoiren versprochen, und nun hatte er sie tatsächlich, morgen Abend, wenn der großartige Dieter Zuckel in Oberaudorf einlief.

Er warf ein Stück Kalbsleber in die Luft, während er ein Glas Schampus wegschluckte. Er brauchte sich keine Gedanken darüber zu machen, wo es landete. An diesem Abend brachte er Fiffi die Rolle rückwärts bei und den Handstand an der Wand, jeweils durch einfaches Vorturnen. Zu vorgerückter Stunde tanzten die beiden etwas Foxtrottähnliches und schworen sich ewige Treue.

Am nächsten Morgen rief Anselm das humane Inkassopärchen auf Sylt an und vergewisserte sich, ob das Angebot auf Asyl noch Bestand habe; er brauche dringend ein paar Tage Urlaub. Es hatte Bestand und wurde freudig bekräftigt. Noch größer wurde die Freude, als er Elvira von dem wundersamen Wandel seiner finanziellen Situation berichtete.

Am Abend desselben Tages folgte der Siegesfeier zweiter Teil, und diesmal feierte man zu Dritt und im *Schwanen*. Dieter Zuckel hatte mit seinem Einbruch saubere Arbeit geleistet, so dass nicht einmal der Hauch eines Verdachts entstanden war. Er hatte wie vereinbart als Einzige Mary Goldsmith eingeweiht, die mit dieser Art der Kompensation vollkommen einverstanden gewesen war und ihm noch einige gute Ratschläge aus der Trickkiste des Babbo selig gegeben hatte. Zudem überbrachte er die besten Wünsche von Anni und Don Curzio; Letzterer ließ ihm mitteilen, die Akte sei geschlossen, was immer das auch heißen möge.

Und er übergab Anselm einen Umschlag mit einem Brief von Rita, dessen Lektüre akute Schübe von Sehnsucht und Liebe erzeugte.

Don Curzio hatte seine Andeutung wahr gemacht und Rita über seine Vaterschaft aufgeklärt, und wie es Anselm schon vermutet hatte, war sie darüber mehr als glücklich. Sie wollte Anni noch bis zum Ende der Saison beistehen, und dann würden sie sich wieder sehen, wenn er wollte.

Wenn er *wollte*!

Wenn Anselm geglaubt hatte, Brüssel, Monte Carlo und Oberaudorf seien die verdammtesten Orte dieser Erde, dann nur deshalb, weil er Sylt nicht kannte. Doch schon die kurze Fahrt vom Verladebahnhof durch Westerland genügte, um seine Abscheu zu wecken.

Es lag an den Menschen. Nicht den Syltern, die gab es wahrscheinlich gar nicht, oder die unbedingte Geldgier hatte sie in ihre Keller und Garagen vertrieben, um dem Gast (sic!) Platz zu machen. Es lag an den Menschen, die sich über Sylt ergossen, angezogen durch einen geheimen Magnetismus, der seine Wurzeln in einer Zeit haben mochte, als es noch »Playboys« gab und »Starlets«. Und so sahen die Sylt-Besucher noch heute aus. Anselm hätte am liebsten die Augen geschlossen, um blind durchs Spalier der quergespachtelten Scharteken und faltendurchwobenen Gerontofreaks nach Morsum zu entkommen, wo sich Elvira und Bubi niedergelassen hatten, aber er saß ja am Steuer.

Neben ihm aber saß Dieter Zuckel, und im Fond kauerte Fiffi! Zuckel hatte sich spontan entschlossen, ihn zu begleiten; er brauche, sagte er, unbedingt etwas

Abstand, und Fiffi würde das Reizklima sicher gut tun. Hatte er sich denn nicht zuletzt wegen dessen Empfindlichkeit gegenüber dem nördlichen Reizklima für den Süden entschieden?

Im Gegensatz zu Anselm schien er auf Anhieb Freude an der Insel zu finden, und das nicht zuletzt, weil er bereits auf den ersten hundert Metern drei Anselm gänzlich unbekannte Zelebritäten entdeckte, deren Anblick ihn zu Ausrufen des Entzückens veranlasste. (Wenn Anselm ihn richtig verstanden hatte, nannte er die erste »Naddel«, der zweite Name klang wie eine norditalienische Stadt, und dann bejubelte er noch einen Herrn namens Dieter Bohlen. »Nacheinander«, rief er entrückt, »nicht miteinander! Wahrscheinlich wissen sie nicht mal, dass sie alle zur selben Zeit hier sind. Ich sag dir, die hat ihr gemeinsamer Ungeist hier zusammengetrieben.«)

Anselm fragte Zuckel, worauf sich der Ruhm der glorreichen Drei denn gründe, und der erklärte ihm, ihr Ruhm sei an und für sich und bedürfe keiner Taten oder Verdienste. Sie seien einfach da und Gegenstand des gesamtgesellschaftlichen Diskurses auf niedrigstem Niveau, und das finde er prächtig.

Da war Anselm beruhigt. Alles passte, eins griff ins andere.

Tage der Ruhe und Entspannung folgten. Anselm wurde herzlich von den beiden Neuinsulanern aufgenommen, Zuckel hatte sich in einer Pension eingerichtet, die er nach dem Aussehen ihrer Inhaberin »Villa Margarine« nannte. Die Hauptsaison war mittlerweile vorüber, und es gab tatsächlich Plätze auf der Insel, an denen man vom allgemeinen Hype der Hauptorte relativ unbehelligt blieb.

Einer dieser Plätze war die *Strandperle*, die ihren Namen eigentlich zu Unrecht führte, wenn man nicht akzeptieren wollte, dass ganz Sylt im Grunde nichts anderes war als ein einziger bebauter Strand. Sie lag sozusagen in der dritten Reihe, und die See war von dort aus allenfalls zu vermuten, was wohl der Grund dafür war, dass sie am Tage nur spärlich besucht wurde.

Anselm hatte es sich nach ein paar Tagen angewöhnt, gegen vier Uhr nachmittags dorthin zu flanieren, um bei Campari und Soda etwas zu tun, was er seit Jahren kaum noch getan hatte: Zeitung zu lesen.

Erst bei seinem vierten Besuch fiel ihm der Kellner auf. Er war groß und von ungewöhnlich hagerer Statur und ging leicht gebeugt. Er machte seinen Job durchaus korrekt, drückte aber, wenn man genau hinsah, gleichzeitig eine gewisse Verachtung für alles aus, was er tat, wie einer, der eigentlich für Höheres bestimmt und nur durch die Umstände zu dieser unwürdigen Fronarbeit verurteilt ist.

Je länger Anselm ihn beobachtete, desto stärker wurde sein Eindruck, dass ihm diese seltsame Erscheinung nicht unbekannt war. Nicht als Kellner, das war klar, er musste ihm in irgendeinem anderen Zusammenhang schon einmal begegnet sein. Er kam und kam nicht darauf – bis er ihm ein imaginäres eisgraues Bärtchen unter die Nase pappte. Kein Zweifel, er war es: der Dichter aus dem *Münzeck*!

Er signalisierte ihm mit dem Reiben von Daumen und Zeigefinger, dass er zahlen wolle. Der Kellner ließ den Bon ausdrucken und kam an den Tisch. »Sieben

Mark zwanzig, der Herr«, sagte er und schaute in eine entfernte Ecke der *Strandperle*.

Anselm nahm zweihundert Mark aus seinem Portmonee, legte sie auf den Teller und sagte: »Stimmt so.«

Der Kellner schaute sinnend auf die beiden Scheine. »Ich möchte gern behaupten«, sagte er, »dass dies ein angemessenes Salär für meine Servierkünste ist, muss aber der Ehrlichkeit halber zu bedenken geben, ob das Trinkgeld nicht doch etwas überzogen ist.«

Anselm schüttelte den Kopf. »Trinkgeld sind nur die zweiachtzig. Die restlichen hundertneunzig sind Ihr Anteil von der Lesung in Aachen. Ich muss mich entschuldigen, dass er so spät kommt.«

»Das ist ja ein Ding!« sagte der Kellner und setzte sich zu Anselm. »Anselm Feyrig, mein kongenialer Rezitator!«

»Wo haben Sie Ihr Bärtchen gelassen?«, fragte Anselm. »Ich hätte Sie beinah nicht erkannt.«

»Das ist ja auch der Sinn der Übung. Und außerdem sieht so ein Bärtchen zu sehr nach schmierigem Kellner aus.«

»Und was machen Sie hier? Ich meine, warum sitzen Sie nicht daheim und dichten?«

»Feldstudien«, sagte der Kellnerdichter. »Ich plane einen Roman, der im Kellnermilieu spielt, und da sollte man sich doch ein wenig auskennen.«

Die Beiden wurden sich schnell einig, ihr Wiedersehen nach dem nahen Schichtwechsel gründlich abzufeiern.

Das taten sie, und nachdem der Dichterkellner sich hinreichend Vertrauen und Ehrlichkeit angetrunken hatte, gestand er, dass er das Geld einfach brauchte. Er habe seinem Verleger einen zweiten Band mit Gedichten angeboten, doch der habe nur abgewinkt und gesagt, er brauche einen Roman von ihm, einen Roman! dann könne man auch über einen Gedichtband reden, aber er sei im Augenblick so leer und schumm, dass ihm nichts, aber überhaupt nichts einfalle, null, es sei einfach zum Verrücktwerden! Und dann legte er seinen Kopf auf den Tisch und wollte anheben zu weinen, doch Anselm hielt ihn davon ab, indem er sagte, er habe eine Geschichte für ihn, wenn sie ihm gefalle und er etwas damit anfangen könne, gehöre sie ihm, gratis und franko –

– und dann erzählte er *mir* seine Geschichte, so wie ich sie hier aufgezeichnet habe und Sie sie gerade lesen. Bis hierhin kann ich mich – mit Ausnahme der Episode im *Münzeck* natürlich – für ihren Wahrheitsgehalt nicht verbürgen, und natürlich habe ich sie im Wesentlichen mit meinen Worten erzählt, aber dass alles wirklich so geschehen ist, wie er es mir erzählt hat in dieser Nacht, daran glaube ich persönlich fest.

So etwas *kann* sich keiner ausdenken.

Den Rest werde ich aus eigener Anschauung wiedergeben.

Bevor wir alle in den Ort zurückfuhren, in dem alles begann, gab es noch ein unverhofftes Wiedersehen, dessen Zeuge sein zu dürfen ich das Glück hatte.

Bei einer unserer nächtlichen Exkursionen der folgenden Tage blieb Anselm plötzlich und – wahrlich! – wie angewurzelt vor einer Kaschemme stehen. Kaschemme sage ich zu derlei Lokalitäten; in Wahrheit war es der teuerste und luxuriöseste Laden von ganz Sylt; Kenner wissen, welchen ich meine. Der Grund für sein abruptes Innehalten war mir zunächst unklar, aber es konnte kein anderer sein als der vielstimmige Gesang, der aus dem Inneren der Kaschemme drang. Es war ein mir wohl bekanntes Lied, das einige von Ihnen wohl auch schon hin und wieder in ausgelassener Stimmung angestimmt haben. Es handelt von dem Vorhaben, ein bestimmtes Etablissement in der katalanischen Hauptstadt aufzusuchen, Sie wissen schon: »Olé ...« u. s. w.

Der Gesang war, wie gesagt, vielstimmig, doch schienen alle Stimmen weiblich, bis auf eine, die alle übertönte und mit sich riss, ein nicht sehr geübter, dafür aber umso dominanterer Bass.

»Das darf nicht wahr sein!« murmelte Anselm. Er ging die paar Schritte auf das Gebäude zu und spähte durch das Fenster, das den Blick in den Gastraum frei gab, aus dem der Gesang hervorscholl. »Komm her!«, winkte er mich heran. »Das ist er«, flüsterte er wie in Trance. »Das ist Siegfried, die Kanalratte!«

Was ich sah, stimmte jedenfalls nicht mit meinem Bild des verfetteten und ausgelaugten Gigolos überein, das Anselm mir von seinem diebischen Freund entworfen hatte. Ich sah einen schlanken, durchtrainierten, sonnengebräunten, blonden Adonis um die Vierzig mit den syltüblichen Accessoires, auf dessen Schoß sich eine gutsituierte mutmaßliche Witwe von etwa sechzig Jahren tummelte und das Leben genoss, und um den herum vier Damen ähnlichen Familienstands und Alters die Sektgläschen schwangen und im Begriff waren, besagtes Lied mit dem bekannten Vers »Tausend nackte Weiber auf dem Männerpissoir« zu beenden.

»Den mach ich fertig«, zischte Anselm und stürmte auf den Restauranteingang zu. Ich holte ihn erst ein, als er die Tür zum Séparée aufriss.

»Siegfried!« schrie er, »seit wann liegt Sylt am Niederrhein?« (Also musste auch diese Episode gestimmt haben.)

Die reife Dame auf Siegfrieds Schoß ließ von ihm ab. Siegfried selbst war nur für eine Sekunde irritiert, dann schoss ein strahlendes Lächeln in sein Gesicht und er schrie zurück: »Anselm! Alter Schwede! Komm an meine Brust!«

Doch Anselm dachte nicht daran. »Du hast dich mit meinen neun Riesen zu deinem Onkel absetzen wollen, und jetzt finde ich dich hier mit diesen Vetteln!«

Eine der Damen kreischte auf. »Vetteln«, rief sie begeistert. »Wir sind die Sylter Vetteln, die nur um Liebe betteln!«

»Anselm, alter Schwede, ich geh doch mit neun Riesen nicht an den Niederrhein. Wie blöd bin ich denn? Hier steppt der Bär, hier werden aus neun Riesen neunzig und nicht in Kalkar. Komm her, lasst uns feiern!«

»Lasst uns feiern! Geschissen! Du hast mich beklaut, verstehst du das?«

»Du hast mir die Chance meines Lebens geschenkt, Anselm! Was kann es denn Schöneres geben, als jemandem sein Leben wiederzugeben? Komm her, du kriegst deine Kohle mit Zins und Zinseszins zurück, gleich morgen früh gehen wir zur Bank.«

Aber Anselm war nicht zu beruhigen. »Jetzt brauch ich es nicht mehr. Damals hätte ich's gebraucht.«

»Ich hab's doch auch versucht, aber keiner wusste, wo du warst.«

»Ich meine, vorher.«

»Gott, das war eben ein schwacher Moment in meiner Verzweiflung. Und ich *war* verzweifelt, das kann ich dir sagen.« Die Dame auf seinem Schoß war dem Weinen nah: »Armer Siegfried, so verzweifelt.«

»Ja«, sagte Siegfried, »so verzweifelt. Kannst du dich noch daran erinnern, dass ich mir das Leben nehmen wollte?«

Anselm drehte sich einmal um seine Achse und warf hilflos die Arme in die Luft. »Es hat keinen Sinn«, sagte er, »es hat keinen Sinn. Er begreift's einfach nicht. Ich sollte ihm alle Knochen brechen!« Und dann bat er mich, noch ein paar Flaschen Schampus zu ordern.

Wir beschlossen also, in den Ort zurückzufahren, von dem Anselm aufgebrochen war, um seinen Gläubigern zu entrinnen und das große Geld zu finden. Wir wollten gemeinsam das *Kap* aufsuchen, wo alles angefangen hatte, und dort das Fest der Auferstehung feiern, die jeder von uns erlebt hatte, jeder auf seine Weise, mehr oder weniger. Ich würde jenes legendäre Tempelchen und seinen Zeremonienmeister Fritz kennen lernen und in der Gemeinschaft der Heiligen das ultimative Hochamt zelebrieren. Dementsprechend war ich auf der Fahrt hochgestimmt und fiel sogar probehalber in jene bekannte Weise ein, die vornehmlich Siegfried hartnäckig immer wieder intonierte. Die »Landschaft«, durch die uns ein Teil unseres Weges führte, und die man gemeinhin die »Marsch« nennt, nahm ich aus Gründen nicht zur Kenntnis, die ich einige Jahre zuvor

schon in zwei umfassenden Studien dargelegt hatte.*
Nur soviel: Ich fand alles unverändert und musste zu meiner Befriedigung kein Wort von dem zurücknehmen, was ich in den besagten beiden Büchern seinerzeit beschrieben hatte.

Wir waren, was den Proviant anbelangt, bestens ausgerüstet, so dass wir schon auf »Betriebstemperatur« (Zuckel) waren, als wir in den Ort einfuhren. Es war schon längst dunkel geworden; Anselm chauffierte uns zum Ende der Hafenstraße bis zu dem Durchlass, der in den Außenhafen führte und bei starkem Hochwasser mit mächtigen Fluttoren verschlossen wurde, der *Stöpe*. Mit einem gesungenen Tusch fuhren wir hindurch und hätten nach Anselms Worten das *Kap* in traulichem Schimmer seiner Abendbeleuchtung vor uns liegen sehen sollen.

Aber so war es nicht. Keine Beleuchtung, kein Leben. Der kleine Kubus hockte schweigend auf seinem Sockel und rührte sich nicht.

»Allmächtiger«, sagte Anselm. Wir stiegen aus und gingen auf das Gebäude zu. Je näher wir kamen, desto deutlicher wurden, Schritt um Schritt, die Spuren des Verfalls, der Verwüstung. Alle Scheiben waren ausgeschlagen, die Tür herausgebrochen, der Schankraum entbeint bis auf ein Pinnbrett, das schräg an einem Haken hing. Anselm riss den einzigen Zettel ab, der an ihm hing, warf einen Blick darauf und gab ihn mir weiter. »Brille verloren. Bitte abgeben bei Britta. Finderlohn« und eine Telefonnummer.

---

* *Die Marschmenschen.* Expedition in eine Terra incognita. Rendsburg 1997, und *Die Marschmenschen, wie sie wirklich sind.* Eine Gegendarstellung. Rendsburg 2000.

Selbst Fiffi schien erschüttert. Unruhig strich er von einem zum anderen, erntete aber keinen tröstenden Klaps, kein aufmunterndes Wort.

Und dann tat Anselm etwas, womit keiner von uns gerechnet hatte und was er auch später nicht erklären konnte. Aber wir ließen ihn gewähren.

Er ging zu seinem Wagen, nahm aus dem Kofferraum den Reservekanister und sprang mit ihm die Stufen hoch. Er öffnete ihn, schüttete seinen halben Inhalt in den Schankraum und entzündete ihn.

Ein Geräusch wie ein Kanonenschuss. Es dauerte nur Sekunden, bis alles in Flammen stand, sechs, sieben Meter hohe Flammen schossen in den Nachthimmel, wild und wütend um sich schlagend. Das halbe Dach wurde durch den ungeheuren Sog angehoben und rutschte in höllischem Funkengestöber seitlich die Veranda herunter. Es war, als hätte das Häuschen nur auf diesen Augenblick gewartet, so schnell ergab es sich, und als die Feuerwehr eintraf, war es nur mehr ein stinkender, qualmender, glimmender Schutthaufen auf einem brüchigen Betonfundament.

Es sei eine Unachtsamkeit gewesen, sagte Anselm. Er und Siegfried kannten den Brandmeister. Der sagte, so hätte man immerhin die Abrisskosten eingespart, aber für die Kosten des Einsatzes müssten wir schon aufkommen.

»Wie viel?« fragte Anselm.

»Datt ward düer«, sagte der brave Mann. *»Twe Kisten Beer und 'ne Buddel Schluck.«*

Wir fuhren noch in derselben Nacht nach Sylt zurück, ohne Anselm. Die Anderen habe ich nie wieder gesehen.

Anselm wurde dann doch noch der Prozess wegen fahrlässiger Brandstiftung gemacht; drei Monate auf Bewährung. Die *Wittichs* sind, so weit ich weiß, nie gedreht worden. Siegfried hat, so habe ich gehört, in der Zwischenzeit gut dreißig Kilogramm zugenommen und sich mit dieser Vertrauen erweckenden Fülle Damen einer höheren Alters- und Vermögensstufe zugewendet, und Dieter Zuckel und Fiffi haben gemeinsam und erfolgreich eine *Irish-Wolfhound*-Zucht aufgebaut und besuchen Anselm zweimal im Jahr, wenn sie Erholung brauchen. Und Britta hat ihre Brille wiederbekommen.

Anselm selbst sehe ich von Zeit zu Zeit. Er wohnt seit einem Jahr mit Rita in – nein, er hat mir verboten, seinen Aufenthaltsort zu verraten. Er hat den dokumentarischen Nachlass des Babbo zu einem Buch verarbeitet und dafür einen Mordsvorschuss bekommen. Ich weiß den Titel nicht mehr (*Der Kurier des Paten?*), es soll demnächst erscheinen.

Und ich habe seine Geschichte aufgeschrieben. Mein Vorschuss war wesentlich geringer.